崇尚英雄才会产生英雄，争做英雄才能英雄辈出。党和国家历来高度重视对英雄模范的表彰。今天我们以最高规格褒奖英雄模范，就是要弘扬他们身上展现的忠诚、执着、朴实的鲜明品格。

英雄模范们用行动再次证明，伟大出自平凡，平凡造就伟大。只要有坚定的理想信念、不懈的奋斗精神，脚踏实地把每件平凡的事做好，一切平凡的人都可以获得不平凡的人生，一切平凡的工作都可以创造不平凡的成就。

——习近平
《在国家勋章和国家荣誉称号颁授仪式上的讲话》

共和国功勋丛书

中宣部2020年主题出版重点出版物

一生为农
共和国功勋
申纪兰

柴 然◎著

浙江人民出版社

目 录

上
篇

坐花轿的新娘

1946年秋，17岁的申纪兰经人介绍，和西沟沙地栈一位名叫张海良的青年成了婚。那是一场太行山旧式婚礼，花轿从西沟沙地栈出发时，里面还坐了一位暖轿童子。申纪兰是西沟最后一位坐轿的新娘，曾和她一起在村上争取男女同工同酬的马俊召老奶奶说："纪兰是坐轿来的，没有响器（八音会），只是放了些鞭炮，算有个响动。纪兰是西沟最后一个坐轿子的，在她之后就不兴了。"显见婚礼不甚火红热闹，过于平常了些。

17岁的申纪兰已经有了一定的思想觉悟。丈夫张海良是一名解放军战士，她想此时部队正忙着打仗，海良怎么就能回来结婚呢？事儿最后闹到了平顺县民政科，申纪兰说："海良要是请假回来，我就和他结婚。"为此，张海良还让部队出了证明。可是，申纪兰又提出要求："结了婚，海良还得回部队。不回部队，我就不和他结婚。"看这大脚姑娘，是不是很有一点性格？

申纪兰是天足，在她那一辈人中，像她这样未缠过小脚的颇为罕见，尤其是在当时较为封闭、落后的太行山区。所以，这位新媳妇的一对大脚，也是村中妇女议论的焦点。当然，她个子也蛮大，对此村中妇女也是要在背后说两句的。

张海良在家里住了不到一个月便赶回部队，投身到炮火连天的解放战争中。不久，平顺县开始了土地改革前的发动群众工作，申纪兰积极参加。这对新人，都在为了新中国而奋斗。

花样年华，纺花织布

申纪兰说："我父亲走得早，从小家里没有劳力，我在家里啥都干。"挑水挑肥，下地务农，样样能干。

申纪兰的娘家在平顺县青羊镇山南底村。1943年，平顺遭受百年不遇的蝗灾，山南底村临时互助组组织人到县里灭蝗，只有14岁的申纪兰参加了这次灭蝗行动。母亲不让她去，说她太小，但她还是跟着村里人去了。"灭蝗太受罪了，一天走几十里山路，吃住都没有地方。一到天黑，人累得眼睛也睁不开了。几个妇女跟不上集体，只好回去。她们让我也回去，可我从小吃惯了苦，咬着牙，坚持了下来。"也因此，纪兰为家里挣了工分，分得了些粮食。

以前，大家说她在山南底时，性格开朗，能爬山上树、掏鸟弄石，却不精女红。显然，这是把事说简单了。

"后来因为这个，大家见我很能吃苦，村里成立妇救会时，妇救会主任龙月秀就叫我参加。妇救会经常晚上开会，我每次开会都去。我年纪最小，可是我很愿意参加妇救会，觉得那些宣传婚姻自由、妇女解放的道理很有意思。"

1940年初，平顺县成立中国共产党领导的抗日民主政府。1941年夏末初秋，晋冀鲁豫边区太行行署成立，平顺县分属太行第四专区。1943年7月，国民党平顺县县长率残部投靠日伪上党道平公署，国民党平顺县政府垮台。平顺县的抗日战争，主要由中国共产党领导。

山南底村成立纺花组时，申纪兰第一个积极主动报了名。对于平素不拿针线的小纪兰来说，纺花是个细致活，她说："我从小只会到地里做活儿，不会缝补衣服，纺花对我就是个难事。"开始的时候，她有点摸不着门道，看见别人纺得又快又好，她就每天夜里加班练。"后来，我纺花也能做到又快又好了。"不久，她便成了山南底村的第一名，还成了县里的支前模范，得了一支锭。

"当时真高兴。平生第一次获奖是在三八妇女节，我站在大会主席台上，还戴上了大红花。"

这次去县里参加三八妇女节大会，对申纪兰还有一个特殊意义，她见到了李顺达的母亲郭玉芝。郭玉芝也是纺织支前模范，同在这次大会上得了奖。申纪兰说："她后来对我的帮助很大。"

接下来是织布。申纪兰确切地记得，打上党战役时，县上要赶着做被服，通知各村派人到县里纺织指导所学习。山南底村妇救会不光派了她，还因她勤快、表现好，让她当了村纺织组的班长。

可是，申纪兰不会织布，她说自己刚学会纺花，对于织布，是连浆线、经线、络线这些都不知道是什么。"急得我抽空就上机学。开始总断线，断了，我又接不上，急得直哭，可哭也不顶事。"因此，她除了一心一意跟师傅学，还勤加练习，不但织好了布，织的布还成了学习所里的样品。

回到村上，她这个纺织组班长，已经能很好地指导别人了。

妇救会在后方支前，十分忙。申纪兰在相对短的时间内又上交了六双军脚。她说，这也丝毫不能误。

申纪兰小小年纪就成了山南底村妇救会主任龙月秀倚重的对象。"村上又选我到工厂学纺羊毛，学好了，领羊毛回家纺。纺羊毛比纺布更难，羊毛捏紧了，抽不出来；捏松了，很容易起疙瘩。后来，工厂又教村里的妇女们缝洋衣裳的袖口和背心。也是每天领回家里缝，缝好了再交上去，然后再领再交。到后来领的人多了，去晚了就领不上，我就每天早早送过去，再领回来。"

申纪兰有这些经历，她和张海良成婚时，找到县民政科提要求，大家也就理解了。

只是，她和新婚丈夫一别便是七载，当张海良从朝鲜战场上回来时，她已经是大名鼎鼎的全国劳模。

初见李顺达

申纪兰嫁到西沟以后，李顺达的母亲郭玉芝就让她加入了村妇救会。

"她开始找了我好几次，都没有找到。我不在家，在地里呢。后来，她见了我说，这样个好媳妇。"郭玉芝总夸申纪兰能劳动，劳动光荣。

西沟妇救会开会总是在李顺达家。申纪兰第一次参加时，会议就从下午一直开到了晚上。西沟由几个自然村组成，李顺达家所在的老西沟离申纪兰婆婆家所在的沙地栈有一段路。"李顺达娘叫我在她家吃饭，哄我说吃完饭还要开会，我就留下了。"

这其中的道理在哪儿呢？李顺达的母亲郭玉芝喜爱申纪兰是一个方面，对于申纪兰在娘家的情况，郭玉芝与龙月秀也早就有交流，所以西沟开展妇救会工作时，她相信申纪兰日后能有一番作为。李顺达呢，工作中特别是要发动群众和壮大他所在的互助组，十分需要加强妇女工作力量，他急需找到更多的好帮手，仅他母亲一个人做工作是远远不够的。

李顺达的家，是党的一个联络站。在李顺达没有公开自己共产党员的身份之前，联络站处在保密情况下。

2020年春天，我为写《申纪兰传》，专程到榆次新星博园采访山西省政协原副主席吕日周。对此，他特别讲道："齐云（又名齐韫）当年在平顺做地下工作时多次到过西沟这个秘密联络站。"根据资料记载，出生于1918年的齐云女士，抗日战争前夕在北平师范大学附中读高中时就参加了中华民族解放先锋队，成为师大附中中共地下组织的党员发展对象，并担任学生会主席。九一八事变后，她积极投身于华北抗日救亡运动。1939年初，她被调往太行地区，先后在长治、平顺、潞城、屯留担任指导员、组织部部长、县政府秘书、科长等职。有这样一段佳话。"你到平顺去，老一辈人也会讲给你。"

所以，申纪兰在谈到李顺达家这个"特殊家庭"时，说："他家经常住着工作组的人，地下那些人，外地那些人，都在他家里住。他家有个大锅，饭也算不上好吧，粗米淡饭，但他总要让他们都吃上，水也要都滚上，也叫他们都喝上。"

申纪兰把李顺达的母亲郭玉芝当作自己的引路人。"她是老西沟妇联主任，也是纺织模范，常带领妇女纺花织布支援前线。他们是模范家庭，家里人都是共产党员。"郭玉芝正是李顺达介绍入党的。

那次留在李顺达家吃饭是申纪兰第一次见到李顺达。她有一点紧张。"我还没介绍完自己，李顺达就快速地说：'纪兰吧，我早就知道你，纺织能手。我娘找到你，高兴哩。以后，吃不了饭就到我家来吃，不能饿着肚子干革命。'"李顺达的语速很快。

李顺达怎么会提到申纪兰吃不上饭呢？

申纪兰的公爹，是一个古旧专制的人。申纪兰婚后，常到村里参加各种活动，只要她回家迟了，公爹就会把饭菜收拾起来，那这一天申纪兰就没有饭吃了。这在申纪兰当村干部后愈演愈烈。那时，西沟的人都知道，只要申纪兰流着泪从家里出来，那她一定又是被公爹饿了肚子。这时，人们便把申纪兰拉到自己家中，让她吃一碗煮疙瘩或和子饭。

张家的财政大权，掌握在申纪兰的公爹手中。家里分给申纪兰的布和棉花都有限量，但申纪兰干活时舍身卖力，鞋袜、衣服都很费。有一年，由于上一个冬天雪多，刚开春，申纪兰便带着群众到山上植树播种。那时节，地虽开了冻，但阴坡里的积雪还没化尽。大家干了一天要回家的时候，发现申纪兰不见了。一位叫侯平生的男社员返回山上寻找时，看到申纪兰正埋头坐在一块石头上往下扒鞋脱袜子。侯平生走近了看到，申纪兰的鞋磨透了底子，同样破了的袜子和肉粘在一起，她的双脚冻得紫黑，往外流了一道又一道血水。

从山上回来，尽管申纪兰想掩饰这件事，但还是被本家的二大爷发现了。二大爷追上申纪兰，让她把鞋子脱下来，一边为她修补鞋子，一边说："纪兰呀，你受苦了。"

多年后，尽管公爹张老太爷去世了，但西沟人自始至终都没有从申纪兰的嘴中听到过一句抱怨老爷子的话。

不仅如此，申纪兰对她的婆婆还特别好。张海良从部队转业后留在了长治，婆婆随申纪兰在西沟一起生活。我曾经在西沟采访时见过这位90多岁的老人。一条不大的土炕上，一半睡着老太太，一半坐着申纪兰。老人眼睛看不见，彻底失去了自理能力，吃饭要申纪兰喂，翻身要申纪兰扶，屎尿也得申纪兰伺候。只要申纪兰一不在眼前，老人就絮絮叨叨地念："纪兰哩？纪兰哩？"

2008年5月9日，我接任务到西沟采访，与申纪兰老人在西沟纪念馆简单座谈后，她便把我们领到了几乎还是原样的老西沟：黄土沟壑，萋萋荒草，一尊以李顺达为首的"穷棒子互助组"雕塑，几间不再住人的破败的土坯老瓦屋。

触景生情，睹物思人。申纪兰在此讲起了从前的老西沟和刚从河南逃荒来时的李顺达。她也是李顺达事迹的"活字典"，讲了李顺达许许多多事。她还讲了早年在"白色恐怖"之下，李顺达第一个站出来承认自己是共产党员。1938年4月，西沟村成立了第一个基层秘密党组织。7月，23岁的李顺达等6位贫苦农民秘密加入了中国共产党。在党组织的领导下，西沟村相继成立了农会、武卫会、青救会、妇救会等抗日组织。同年，李顺达带领贫苦农民开展闹义仓和减租减息斗争。1939年，李顺达担任西沟村民兵自卫队大队长，配合八路军抗击日本侵略者。李顺达带领西沟村农民反奸反霸，发动青壮年参军参战，组织妇女纺花织布做军鞋，一手拿枪，一手拿锄，积极支援抗日战争。"他为什么要组织互助组？就是因为组织起来力量大，你帮我，我帮你，发展快。开始是为了开荒种山药蛋（马铃薯）、渡灾荒，再就是支持参军参战。谁家有人参军参战，互助组就帮助谁家，大伙帮忙种地。有一次，村里走了一个排，他们出去还没有换军装，就牺牲了七人。互助组就在这种情况下帮助八路军抗战。"所以，1942年，西沟被晋冀鲁豫边区政府表彰为"劳武结合模范村"，李顺达被县政府表彰为"劳武结合英雄"，获赠一支步枪、两枚手榴弹。"李顺达是个好同志，一心为了大家的发展。他是共产党员，也是支部书记，带领大家致富。李顺达1944年成了晋冀鲁豫边区一等劳动英雄，组织上奖励他一头牛。在长治的英雄街开的英模会上，邓小平给他发奖状，他这个互助组就有名了。后来，他就响应党的号召，组织起来生产自救，组织起来渡过灾荒，组织起来支援前线。"

1943年，李顺达与五户农民商议决定成立互助组，这是抗日战争时期全国成立的第一个互助组。李顺达把自家仅有的五斗余粮和一石多谷糠分送给了组里的断粮户。然后，带头与地主作斗争，争得了开荒权，带领组里的青年人上山开荒，播下了种子。1944年底，在邓小平等领导人参加的太行区首届群英会上，李顺达被确立为"边区农民的方向"。1948年底，他的经历再度被确立为"翻身农民的道路"。1951年5月，李顺达互助组给毛主席写信汇报互助组成立八年来所取得的成绩。此信后来刊发于《人民日报》头版头条，李顺达也就成了全国性乃至世界性人物。

李顺达比申纪兰出名早近10年，比后来当了国务院副总理的大寨人陈永贵早20年。毛泽东为《人民日报》社论《勤俭办社，建设山区》一文所写的按语，用336个字总结并向全国推荐了李顺达。毛泽东书写的按语，不仅成了西沟人的至宝，还被影印为大幅海报放在西沟纪念馆中，那极为漂亮的毛笔字也是当代书法界不可多得的上乘之作。而申纪兰则一直把李顺达视为自己的兄长与师长，永志不忘。她说自己是西沟的二号人物，大老李哥，那才称得上西沟第一人。

中国农民，最是知恩图报。申纪兰永远记着：没有大老李哥，就没有她申纪兰。

"我从山南底村嫁到西沟时，李顺达他娘正在整个村开展纺织活动，好多人都学会了纺花织布，家家有织机，还是半机械化的。"申纪兰当然很积极，晚上常常加班加点地干。在支前不再作为村中最重要的任务和指标后，纺线织布更多的是为了解决老百姓的穿衣问题。"再一个，公家有组织了，你纺了线交到那里，县里能织布。你到那里再领上棉花，纺成线、织成布，交了就能挣几个钱。"纺线织布和家家户户的经济收入关联起来。申纪兰认为："咱老根据地人纺线织布，就跟南泥湾一样；同时，也提高了妇女们的家庭地位。""你想，纺线织布帮助家庭解决了穿衣吃饭问题，妇女不再是闲人，不光只会看孩子、做饭。还有，纺线织布就发展了生产。"讲得很通透。

新法接生

1951年，在李顺达母亲郭玉芝卸任的同时，申纪兰正式接任了西沟村的妇女主任。传承原先的老叫法，他们还叫她"村妇救会主任"。

　　她当主任后的头一件事，就是到县里参加新法接生培训班。

　　然而，申纪兰的这一举动遭到了公公婆婆的强烈反对："你自己还没有生过产呢，年纪轻轻的，干这个？"但如同她当年在山南底村跟着人们去灭蝗，家里也一样没能挡得下来。

　　申纪兰说："当年，妇女生产死亡率很高。村上原来有一个老接生婆，她用旧接生法，小孩容易得脐带风，大人容易得产后风。产妇得病了，孩子保不住的情况多。有的产妇生下孩子后，还得自己拿剪刀把脐带剪断，接生婆也不消毒。"

　　申纪兰从县里学习回来，成了义务接生员。这可不只是西沟一个村子的接生员，十里八村，半夜三更，只要有人来叫，她就马上出门。

　　西沟村党支部原书记王根考说："申主任帮助许多妇女渡过了生育难关。"

　　申纪兰说："学了这个新接生法，我就背个小接生箱，里面放些剪子镊子、纱布棉球、酒精红汞。附近村里的都叫我去，远处的也叫我。有时候，一夜跑十几里山路，有时还一夜跑两个地方，早上还得回来出工。后来我忙不过来，就让村妇救会帮我把远近村子里的产妇登记好，排出日子，有了一点计划，我也少了点忙乱。接生的时候，我又叫上些妇女，让她们在边上看，学习学习。

　　"到产妇家，我先把剪刀、镊子这些工具消毒。孩子生出来后，我在他屁股上拍两巴掌，等孩子哭出声来，用剪刀把脐带剪断，然后赶紧抹上酒精、红汞消毒，再用纱布包好。又告诉产妇和家属必须注意的事情，比如，不能沾冷水，不能光喝米汤，不能吃冷东西，一天至少吃三顿饭。

　　"我用新法接生了好多孩子。前前后后，总共有十几年。"20

世纪60年代以后申纪兰才歇下，一个是她太忙，另外一个是妇女生孩子慢慢习惯了去医院，或者到乡里的卫生所。

"新法接生，救了妇女，解放了妇女。以前，妇女最费事，生五六个才养成两个、一个，这还是多的，很多小孩都夭折了。现在，生一个、两个，都活了。"

后来统计，申纪兰先为西沟就接生了100多个孩子。

同工同酬

1951年，申纪兰接替李顺达的母亲郭玉芝成为西沟村妇女主任后不久，西沟村成立了农业合作社，李顺达任社长，申纪兰则与马玉兴、方聚生一同担任副社长。妇女在村中担任如此重要的职务还是头一回，这亦可视为申纪兰政治生命的开始。

这一年，申纪兰22岁。20世纪50年代，还有多件于她、于西沟有影响的大事发生，如1950年，申纪兰加入中国共产主义青年团；如1951年，晋东南地委试办10个农业生产合作社；又如1951年3月19日，《人民日报》刊发《李顺达互助组向全国发起爱国主义增产竞赛活动》，西沟从太行山区的一个小山村走向了全国。

写上述文章的老记者马明，曾任新华社山西分社社长等职，是最早报道西沟的老记者之一，曾常驻西沟，与李顺达、申纪兰结下深厚的友谊。

当时，李顺达的互助组带头响应全国农业工作会议的号召，马明认为这肯定是一条好新闻，竟在除夕夜去了西沟。

　　大年初一，李顺达陪着马明挨门逐户地到老贫农、老党员家拜年、慰问孤寡老人，参加村民举行的团拜同乐会，以此欢庆新中国成立后的第二个春节。晚上，李顺达就在家里召开互助组会议，讨论制订全年的增产计划。马明及时把全国农村工作会议号召开展爱国生产运动的精神告诉大家。李顺达听后十分高兴，他立即把制订全年增产计划和响应开展爱国生产运动的号召联系在一起。在制订农作物丰产计划时，他们不仅提出要因地制宜地改善生产条件、改进技术，而且特别新增了加强爱国主义教育和学习文化、提高政治思想觉悟和发挥农民的生产积极性等重要内容，并且决定率先向全国农村发起开展爱国丰产竞赛运动的倡议。

　　马明将西沟的倡议发到新华总社后，时任国内部农村编辑组组长的穆青立即和中央人民政府农业部联系，又特别播发了农业部负责人对新华社记者谈话的消息，号召全国农业劳动模范和互助组奋起响应。

　　没想到，一个月内，长城内外、大江南北寄来的响应信和"应战书"像雪片一样飞到平顺县西沟村。据新华社综合新闻报道，全国共有1681位劳动模范和1938个互助组响应了李顺达互助组的倡议。这些劳动模范大多数是曾出席1950年全国工农兵劳动模范代表会议的代表。他们除响应李顺达互助组的倡议外，还向本省、本市和本县的互助组与农民发起同样的倡议。于是，全国农村的爱国丰产竞赛运动就这样轰轰烈烈地开展起来了。

　　1951年，马明连续报道了李顺达互助组的历史、经验和他倡议后的进展情况，先后采写了《李顺达互助组介绍》《李顺达互助组春耕播种记》《李顺达互助组的主要经验》《平顺县怎样推广李顺达互助组的先进经验》《李顺达互助组在爱国丰产竞赛运动中得到巩固提高》《李顺达互助组向山西省农民建议开展捐献"爱国丰产号"和"新中国农民号"飞机的活动》。

这一年，中央人民政府农业部向李顺达互助组颁发了爱国丰产奖状，向李顺达颁发了爱国丰产奖章。《人民日报》为此发表了社论《向金星奖章获得者学习》。

1951年5月，平顺县委宣传部副部长李琳第一次来到西沟。15日，李琳以平顺二区西沟村互助组全体组员的名义给毛主席写了一封信，介绍了西沟互助组的情况。《人民日报》于6月11日刊发了此信。1953年1月，申纪兰加入中国共产党，介绍人是西沟村党支部书记李顺达和组织委员宋金山。每一件事但凡展开写，都是大文章。

年轻的申纪兰，作为副社长兼妇女主任，主要任务是发动妇女参加劳动生产。初级社不同于互助组，各种生产资料全集中在社里统一调用，劳动分工更专一、更细化，特别是土地集中之后，生产范围和劳动强度都比过去大了许多，因此，合作社的劳动力便显得明显不足。

但是，要让千百年来围着锅台、炕台、碾台（俗称"三台"）转的女人，与男人一样抛头露面，参加生产劳动的困难很大。西沟虽然是老解放区，可"好男走到县，好女走到院"的观念仍根深蒂固。

怎么办？首先，申纪兰得身先士卒。这一点，她当然做得好，是一等一的热血女青年，从不甘居男人之下。采访中，多位西沟人说："纪兰她最肯出力气，说担粪就担粪，说打坝就打坝，男人做什么，她就做什么。"

在我早先对她的采访中，她无不戏谑地说："我出了院，就不是个好妇女啦?"

之后,她耐心细致地做妇女们的思想工作——劳动才有地位。

申纪兰走村串户,一个一个地劝说姑娘们、媳妇们走出家门。

申纪兰说:"过去说'黑咕隆咚万丈深,妇女就在最底层,想着妇女就不行'。男人挣10分,妇女只能挣5分,很不公道,有的连5分都挣不上,这是封建社会遗留下来的,是两种思想的斗争,并不是人与人的矛盾,是封建思想看不起妇女。"

马俊召便是申纪兰第一个劝说成功的妇女。老奶奶马俊召对第一次下地记忆犹新:"当时,我搂着镬把在怀里,横竖不敢扛,很害怕别人看见后笑话。可我还是颠着小脚,跟着纪兰下了地,到地里跟男人们一块儿干活。"

村里有一个叫李二妞的,是全村最胆小的女人。李二妞在家里没有一点主见,别人问她什么,她的第一反应就是偷偷瞟丈夫,看丈夫的脸色说话。

有人说:"纪兰,啥时候你能让李二妞改变了,那才是你的真本事。"

这一激,让申纪兰三番四次地跑到李二妞家。申纪兰对李二妞说:"咱农业社的好多妇女都下地了,你也得去。"

李二妞说:"哎呀,我可不行,我脚小,手又慢。"

申纪兰一边拿马俊召她们的例子鼓励她,一边又去做她丈夫的思想工作。

终于有一天,李二妞拿起农具到地里了。这一幕,在妇女中最有说服力。渐渐地,越来越多的西沟妇女都跟申纪兰、马俊召走出了自家的小院,走到了田间地头。

"都是翻了身的妇女。"申纪兰能把自己所做的工作归到"翻身妇女求解放"这一个大前提上，非常了不得。

这年夏秋之交，社里为发展畜牧业买回100多只羊，一时没找到羊工，有人就出主意让申纪兰领着妇女们放羊。申纪兰和一个名叫张雪花的妇女商量："咱没吃过猪肉，还没见过猪走吗？放！"一开始，她们还有些担心。后来，她们发现，羊群里有一只领头羊，只要把这只领头羊弄好了，其余的羊便会跟着走。"带好领头羊，羊多不愁放。"申纪兰不光善于在劳动中发现窍门，还很善于总结经验，常常一两句话就能把工作中的经验传达给大家。

在申纪兰之前，西沟人还没听说过有女人和"牙子"打交道的。前些年，电视上好像报道过河北有这样一位女经纪人，不过和申纪兰比起来，晚了好几十年。由于社里的牲畜不够用，又调不出合适的人去牲口市场买，社里就决定让申纪兰去办这个差。中国传统的牲口交易规矩是不喊价，捏指头。买牲口的人相中哪头牲口了，便由"牙子"出面做中间人，帮助买卖双方讨价还价。其形式是，"牙子"将自己衣襟下摆掀起，与买卖双方捏价格。几次下来，价格敲定。卖方不能问买方真正出了多少钱，买方也不能问卖方最后得了多少钱，中间的差价便是"牙子"的佣金。起先，申纪兰不懂这个规矩，当"牙子"掀起衣襟要和她捏指头时，申纪兰急了："我不和你们捏指头，你明说吧，咱们该多少是多少。"在平顺的牲口交易市场上，申纪兰是唯一的女性，也是唯一不捏指头、明码喊价的买卖人。

后来，社里大力发展养猪事业，搞集体猪场，计划做到户均一头猪。猪场由申纪兰负责，一开始，她还这样到龙镇的集市上买小猪崽。

不过，仅有这些，还远远不够。妇女不愿参加农业劳动的主要原因，是劳动付出和劳动所得分配不公。同样是往地里担粪，男人挣10分，而妇女只能挣5分，虽然劳动强度一样，担到地里的粪也一样，但妇女挣的分就是比不过男劳力。事实上，妇女们虽然参加了农业劳动，但只有少数参加主要劳动，多数妇女只是在农忙时节掰掰玉茭或者做些杂活儿。在互助组时，妇女们做了多少活儿从没人计算过，习惯是两个女工顶一个男工。妇女在劳动方面得不到同等的机会和待遇，在家庭和社会中自然也就不如男人。

合作社让申纪兰发动妇女参加主要劳动，但她工作之初就遭到了男社员的轻视和抵触："看透你们了，起不了多大作用。"另一边，许多妇女认为参加主要劳动要有技术，而自己没有技术，吃不开。申纪兰了解到这一情况后心想："要是社里能实行男女同工同酬，又能帮助妇女学习技术，那就好办了。"可她向社里提出男女同工同酬后，立即遭到了男社员的反对："妇女们劳动得怎样都不知道，就要同工同酬？"她鼓起勇气，提出建议：派三名妇女到县里接受技术培训，同时派两名技术好的男社员帮助妇女提高技术。这个建议被采纳了，于是，申纪兰和另外两名妇女被派到县里接受培训。

西沟的妇女发动起来后，做的第一件大事是锄麦。全社19个妇女下地，三天时间锄完35亩，让"看透"了妇女们的男人感慨道："妇女们怎么就是看不透呢？"但干了"大事"的妇女们，每天所得的还是"老5分"，于是大家都不愿意下地了。申纪兰又向社里提出给女社员加工分，男社员说："刚领你们学完技术就来要工分，我们劳动了几十年，也不过10分呀。"申纪兰又去找党支部，一位委员说："你们再做出些成绩来，男社员这种思想就能扭转。"申纪兰又去动员妇女，几个妇女又跟着她下地了。就是这几个妇女，在整个春耕劳动中，让男社员进一步看到了她们身上惊人的力量。比如，张雪花跟着马玉兴耙地，最后和"老师傅"换了位置："老师傅"马玉兴在前头牵牲口，张雪花在后面蹬起了耙——这个农活儿不光技术难度大，还得有一身的好体力。又如，谷苗长高后，妇女们就和男人搞间苗比赛。这活儿男人们不行，干不了多大一会儿便腰酸背疼，结果自然是妇女们胜出。还有许多，如前面提到的放羊，和男人们比赛出猪圈（清理猪圈）、掏茅粪、打坝垒堰、填沟"造平原"等，以纪兰为首的妇女样样都不落男人之后。

申纪兰说："我们都去地里担粪，男人一块地，妇女一块地，原来在一起的时候妇女挣不上10分，后来就分开了。男人干完了，我们这一块地也干完了。男人就说女的行了，可不能给人家少记了，得按照公道给人家。"

西沟村原村支书王根考说："比方说拔苗、锄地，妇女比有些男人还做得多，所以她们也就能挣到跟男人一样的工分，就这样调动了妇女的积极性。"

1952年秋，西沟农业合作社评出21位劳动模范，妇女们占了9位，真正顶起了半边天。经过合作社的认真讨论，全体社员一致同意男女同工同酬，按劳分配，申纪兰等三人被认定为一个工10分，有的被认定为7分。男人们在服气之余，还特意编了一段顺口溜：

西沟妇女真是行，

赛过宋朝穆桂英。

事事不离场场到，

每次战斗打得赢。

有评论称，申纪兰多次为姐妹们争取同工同酬的这条路，虽说走得很不容易，但终究迎来了劳动妇女改天换地的新局面。那时，人们还并不知道这个为妇女同胞谋取利益的自发行为将会怎样改变万千妇女的命运。

争取男女同工同酬胜利以后，西沟村的女性是个什么样，也是很多人关心的。对此，申纪兰也多次进行了回答：

"女的可积极了，以前上地还得让我动员，后来男女平等了，大家是争先恐后。男同志也知道了，不是光男人的问题，妇女们参加了劳动，对家庭也有影响。增加了收入，不用男人养活女人，女人自己还能办很多事。实际上解决了一个封建思想的问题，也是一个教育的问题。合理的报酬，才能真正调动起大家的积极性。"

妇女都愿意干活了，打的粮食多，挣的工分高，男人的日子也好过了。

"以前，今天用得着你才叫你，用不着就不叫了。后来，就定成正常规划了。不叫也不行，我们有劳动能力，要合理地劳动。"

再一个是妇女家庭地位的改变。"以前，家里头粮食不够吃，女人喝个汤就行，男人总得吃上点干饭。就是玉菱添上糠，男人也得多吃点。后来我们在家，就是平等看待了，干一样的活儿，就得吃一样的饭。"

西沟村的巨大变化，有申纪兰和姐妹们做出的巨大贡献。

1952年初冬，长治地委召开座谈会，旨在总结交流并推广10个农业社办社经验。申纪兰作为李顺达金星农业社的副社长，是特邀代表，也是座谈会上唯一的女社长。她在座谈会上介绍了她怎样发动西沟妇女参加农业生产、怎样争取男女同工同酬，引起了很大的震动。

到会来采访的《人民日报》女记者蓝邨当即采访了她，并于1953年1月25日，以申纪兰的名言"劳动就是解放，斗争才有地位"为题（其副题为"李顺达农林畜牧生产合作社妇女争取同工同酬的经过"）发表了5000字的长篇通讯。4月22日，全国妇联主办的《中国妇女》杂志又发表了马明撰写的题为"农业战线上的女劳模申纪兰"的文章，翔实地介绍了申纪兰冲破重男轻女的封建思想和种种困难，在全国率先争取实现男女同工同酬并为之付出艰辛的历程。同日，新华社还为此播发了通稿。

男女同工同酬被国家写进宪法，成为中国妇女解放史上的一座里程碑。申纪兰动员妇女们积极参加生产劳动，争取男女同工同酬的社会实践，为新中国的农村集体劳动管理探索出一个最初的分配模式，为我们国家制定按劳分配政策做出了重要的贡献。申纪兰也成为名扬四海的巾帼女英雄：来自祖国各地的向申纪兰学习、致敬的信函像羽片一样飞抵西沟，罗马尼亚共和国全国妇女委员也向申纪兰寄来了贺信。

男女同工同酬的评分方式在广大农村推行以后，一直沿用至20世纪80年代包产到户方告结束。它是挑战男权社会大获成功的坚实范本。

第十届全国人大常委会副委员长顾秀莲在评价这段历史时说：

申纪兰同志是20世纪50年代我们国家互助合作化时期西沟农林牧生产合作社副社长，是当时少有的女副社长。她在西沟党支部的支持下，动员妇女走出家门，参加农业劳动，在所有农活儿上与男同志展开竞赛，带领西沟妇女进行了男女同工同酬的实践。她与西沟妇女用亲身实践证明，妇女的劳动能力和劳动业绩不亚于男同志，在劳动中提高了妇女的家庭地位、社会地位和经济地位，丰富了妇女的人生经历，为妇女的自身解放创造了条件，推动了中国妇女解放的进程。

申纪兰同志在西沟发起的男女同工同酬实践，在当时的历史条件下，适应了我们国家动员全体劳动者进行国家建设的大背景，适应了我们国家进行工业化的历史进程，为我们国家从落后的农业国向现代工业化国家迈进做出了贡献。

如今，男女同工同酬已成为我国的基本国策，妇女在各行各业都发挥着越来越大的作用。

骑着毛驴上北京

有记者借申纪兰的嘴说："那一年，路都不通，赶着毛驴走了三四天，才到北京。"这说的是她第一次到北京参加全国人民代表大会。实际上，这是以讹传讹。1954年9月这一次到北京，她先从家乡平顺西沟骑毛驴到长治，后转乘卡车、火车，走进了中南海怀仁堂。

2008年我在她家采访时，她说："从平顺到长治，骑驴走了7个钟头。"上党从来天下脊，太行山高路难行。其间有一点花絮，我问她："你一个人骑驴走的？"她马上反诘说："到了长治，驴拴哪儿？"显然，这一路有人赶驴。毛驴得返回西沟，它可是集体的主要生产资料。

在此之前，也就是1953年4月，她到北京参加中国妇女第二次代表大会时还骑过一次骡子。为此，县里还花了5块钱。这一次，亦有花絮，咱们这位争取妇女解放的代表，一路上都不让赶骡子的人离自己太近，要求人家走在两米开外，原来是她担心路人误解他们之间的关系。

然则，人们为什么会对这事特别感兴趣呢？很显然，这里有一个清晰的分野："穷棒子""泥腿子"闹革命，翻身做主人，"农民手上有牛粪，可他们是最干净的"，是这样的大情大理。倘若在国民政府时期，平顺县哪位乡绅摇身一变成为某届国会议员（或者某届全国妇女代表），要赴南京参会，走这段崎岖山路时准是数十匹高头大马和数顶八抬大轿送行。可咱们的全国人大代表申纪兰，全国妇联第二届执委会委员申纪兰，所骑的仅是一头毛驴，当然，还有过一头骡子。

"我没有想到我自己能参加全国妇女代表大会，这是在同工同酬实现以后。在西沟，我就当了妇女代表了。县里领导也很关心，说，女同志，给她雇个毛驴，把她送到长治（这就是花5块钱雇骡子的缘由）。那山上，净是羊肠小道。到长治以后，再坐拖拉机，这可高兴了，总算坐上车了。"

长治，是申纪兰人生中第一次走进的大城市，她见到了很多从没见过的新事物，她的心情格外激动。"长治有个招待所，在东街那面。我见到了电灯，呀！心里就惊得，这就是社会主义啊。"

之后到了太谷，申纪兰终于坐上了火车。她怀着无比兴奋的心情，奔赴首都北京。

1953年4月，中国妇女第二次全国代表大会在北京中南海怀仁堂召开，宋庆龄、何香凝、蔡畅、邓颖超等人被选为大会主席团成员。参加这场盛会的申纪兰经历了她人生中的许多个"第一次"：第一次站在中南海怀仁堂的主席台发言，第一次见到党和国家领导人，等等。

前两次见到毛主席

申纪兰曾这样向我描述她第一次当人大代表的经历："啥准备也没有呀。突然接了个通知，我就成了全国人大代表。我当个合作社副社长就不错了，没想到还能当全国人大代表。激动呀，觉也睡不着。我们主要是选国家主席，开会讨论的时候，大家一致说，一定要把毛主席选上。我们一致认同毛泽东思想。"

我问："是画好圈圈？"

她肯定地说："是画好圈圈。"

我说："听说你们还用钢笔帽练习。"

申纪兰说："是呀，用笔帽能画很圆。"

申纪兰所说的"画好圈圈"，就是一定要在选票上的毛泽东的名字下画一个圈，代表人民把人民的大救星毛泽东选上。她非常骄傲地补充道："我能把毛主席选上就完成任务了。""举拳头，吃馒头"，即是从这里开始说起的。

但申纪兰第一次见到伟大领袖毛泽东，却不是在第一届全国人民代表大会上。

她第一次见到毛主席，是在1953年4月召开的中国妇女第二次全国代表大会上。这又是西沟人的大福分。

　　要讲西沟最早见到毛主席的人，还是李顺达。1949年，中华人民共和国成立以后，毛泽东在中南海第一次接见劳动模范。在山西团中，就有申纪兰的大老李哥李顺达。

　　这次接见，李顺达和山西潞城县的刘聚保首先向毛主席敬献了一面红旗。毛主席和他们亲切握手，问他们分别来自山西哪里、在北京停留几日、都到过什么地方等。当李顺达说去过万寿山、金銮殿时，毛主席还点头问他："你晓得那是什么人住的吗？"李顺达不肯定地答道："是朝廷吧？"毛主席笑着说："过去那是皇帝住的地方，我们这些人都不能来。现在是人民的天下，大家都可以转一转、看一看。"接见地点为丰泽园一个布置简朴的小会议室，墙上挂有马克思、恩格斯、列宁、斯大林的画像。为了调节大家激动又紧张的情绪，毛主席还指着画像说："外国有两种人，一种是我们的朋友，一种是我们的敌人。这些人都是我们的朋友。"见代表们情绪相对轻松后，毛主席方把话拉到正题：日本帝国主义被打走了，蒋介石也到台湾了，大家回去后要好好搞生产，让南瓜长得大大的，萝卜长得粗粗的，玉米长得长长的。

　　被毛主席接见是劳动模范们最大的愿望，有年龄大的劳动模范甚至说："见了毛主席，死了也不冤枉了。"

　　而这一句，同样也是申纪兰第一次见到毛主席时说的话。

　　头天夜里，申纪兰得知毛主席要到大会来接见代表，作为新中国劳动妇女代表中的一员，她将亲眼见到毛主席，她兴奋得根本无法入眠，用她的话讲，就是："睡不着，我干脆起来洗脸梳头，仔仔细细地洗脸，慢慢、慢慢地梳头。"时年24岁的申纪兰，两条油亮粗黑的大辫子最是醒目。

　　代表们早早地就齐聚在会见厅等候毛主席的接见。申纪兰站在队列的最前排，在她身边站有全国妇联副主席章蕴大姐。

接见开始，毛泽东、朱德、周恩来等党和国家领导人缓步走进大厅，大厅顿时响起热烈的掌声。

毛泽东、朱德、周恩来等和代表合影留念，之后掌声再次响起，毛主席挥手向代表们致意。而此刻申纪兰的最大心愿，就是好好地看看毛主席。就在这时，身边的章蕴大姐却问她在想什么，她一边鼓掌，一边着急地说："不要问，我急着看毛主席哩，误了可不行。"章蕴又和她说话，弄得她很不高兴。这是什么时候，还一直问？想到此，她脱口而出："见了毛主席，死了也不屈。"

毛主席挥着手向她这边走来。她周身充溢着前所未有的幸福感，激动得心都要跳出来了。而这时，章蕴大姐却拽了一下她的衣襟，说："纪兰，你来北京一次不容易，见到毛主席更难，谁知以后还有没有这个机会。"原来，章大姐是暗示她上前和毛主席握手。

她多么想和毛主席握手呀，可是会前通知不许代表上前主动和领导人握手。

毛主席越走越近，而她要上前和毛主席握手的冲动也猛地占据了她的全身心。"章大姐是对的，自己以后怎还能有这样的好机会？能和毛主席握握手，就是天大的福气，还有甚比这更重要？"接下来，她不管不顾地向前走了两步，双手紧紧地握住了毛主席的手。与此同时，激动的泪水怎么也止不住，唰唰地往下流。她抬眼看去，眼前竟是一片模糊。

申纪兰这样回忆道："我很幸福地见到了毛主席，我很勇敢地和毛主席握了手。可我又很后悔，自己不该哭，哭得眼里净是泪，都没能看清毛主席的脸；哭得嗓音也噎住了，也不能和毛主席说一句话。我就觉得，毛主席的那只手，厚实实的，肉墩墩的，又绵又大又暖和。"

说起到北京参加第一届全国人民代表大会并再见毛主席，她这样回忆："这一次到北京，还是稀罕。那会儿，咱这儿连电都没有。去了北京，瞧着什么都很好，很高兴。可是，也不敢说话，不多说话。"此前有个记者问："你一个妇女能来参加会议，有什么感觉？"她跟胡文秀（刘胡兰母亲）一口回答说："能见毛主席不能？"那时候组织纪律性很强，记者说："不知道。"接着，记者又问："你还有什么感觉？"申纪兰说："没有了。"

"从西沟走的时候，老老小小都跟我说：怎么也要见着毛主席。这就是我的一个光荣任务。

"会上，我们特别安生，不跑，也不和人说话，就是等开会。我最记得我们投票都是高高兴兴的，见了毛主席比过年都好。

"我和李顺达、郭玉恩①站在一起，毛主席过来跟我们握了手，大家都流泪。这会儿来，可要好好瞧瞧毛主席，说上句话。那会儿就不会说，干脆激动，感动得不行。这个是非常特殊的感情，那个会跟以往的会议都不一样，总要代表人民把毛主席选上，就这个想法。在那个会上，见了毛主席就是最大的事情了。跟他握了手，照了相。泪自己就流下来了，非常激动。胡文秀说：'纪兰，咱这个手，洗也舍不得洗了。'跟毛主席握手了，高高兴兴地回来了。"

1954年9月20日，毛泽东接见了参加第一届全国人民代表大

---

① 郭玉恩，平顺川底村农业生产合作社社长，全国劳动模范、第一届全国人大代表，与李顺达一起获得全国爱国丰产金星奖章。

会的劳动模范。申纪兰与李顺达、郭玉恩、吴春安、任国栋、王国藩等参会劳动模范受到接见，申纪兰再次与毛泽东握手。

10月1日，申纪兰与李顺达登上天安门城楼观礼台，参加国庆观礼。

到丹麦参加世界妇女大会

申纪兰的个头较一般女性要高，身材也较一般女性更魁梧，长着一双大脚，商店里的普通女鞋都穿不上。

1953年6月，申纪兰作为解放了的中国农民代表到丹麦首都哥本哈根参加世界妇女大会前，国家为出国人员定做了六套服装，其中有一双很漂亮的高跟皮鞋。然而，这双鞋却让申纪兰吃了不少苦头。

无奈之下，途经莫斯科时，她只好和时任代表团副团长的雷洁琼换了鞋。

"雷洁琼大姐穿的是一双半高跟鞋。"

1997年3月，在第八届全国人民代表大会第五次会议上，全国人大常委会副委员长雷洁琼看见了申纪兰。晚上她专门打电话给申纪兰，说："纪兰妹妹，还记得咱俩在哥本哈根换鞋穿吗？"近半个世纪的姐妹情，一时传为佳话。

还是2008年春天那次采访，我跟着申纪兰到她搬入不久的新居去。在小区的坡道上，碰上了当年跟她一道搞同工同酬的老奶奶马俊召。当时已经84岁的老共产党员马俊召，看似年迈，但精神还好。20世纪90年代，我亦采访过她，说到申纪兰为何成为英雄劳模，老人即说："纪兰能受，脚大，没拖累。"

看来一双大脚，还真的是申纪兰成功的一个因素——一个先决条件？

马俊召老奶奶是一双小脚，不过是放过的那种"解放脚"。为此，我和申纪兰交流时，她说了三个字"金皇后"，这是说马俊召的小脚像玉米。

在丹麦哥本哈根召开的是第二届世界妇女大会，来自80多个国家和地区共800多名代表参加了盛会。中国妇女代表团由30名代表组成，农村代表就申纪兰一人。

中国妇女代表受到多国代表团的欢迎和肯定，特别是一些社会主义国家。这让首次随团出国的申纪兰感动不已，在几次采访中，她也有提及。

作为个人，能代表中国农村妇女走出国门，申纪兰说："参加世界妇女代表大会，我就没有想到过这个事。

"周总理为我们作指导，说出国要注意什么事情，要多看优点、少看缺点，我就记得这两句话。

"那个时候，邓大姐还特别关心我，说我是农村的，要特别注意。"

2007年，申纪兰接受国内某杂志采访，记者问起她当年有一张"明星照"时，她还回忆起了那次出国前拍照的情况："啊呀，那时我才20多岁。电影演员田华给我化的妆。都是工农兵代表，她代表兵，我代表农民。当时穿旗袍、高跟鞋，也涂口红。"

记者问："也描了眉？"

申纪兰答："不，我那时眉毛就好，挺黑。

"那时候出国就要准备一番，代表新中国妇女出国了。我记得，都烫发了，旗袍、裙子我都穿上了。"

就这次参加世界妇女大会，中央电视台《半边天》栏目主持人张越对申纪兰进行了面对面采访，一问一答间更是精彩。

张越：您当时还出了国，跑到欧洲去了。

申纪兰：我记得，有一个叫田华的，帮助我打扮，我过去都不会。

张越：嗯，我看了一张您参加世界妇女大会的照片，那照片上您可漂亮了，有点像上海电影明星了。

申纪兰：本来不漂亮，打扮打扮就漂亮了。

张越：我看你们还都穿了旗袍，是吧？

申纪兰：有旗袍，也有裙子，站起来就不会走，不敢走，坐得也不自由。哎呀，我这个农民，也很落后，回来我就再也不穿它了，嫌麻烦。

张越：这旗袍现在还有吗？

申纪兰：都在呢，也没有用，我就从没有穿过。

张越：多漂亮的衣服，您再穿穿，怎么不穿呢？

申纪兰：可不行，我不习惯，穿这个（随身）衣服多自由，挑个担子也能跑。

张越：他们怎么跟欧洲的妇女介绍您呢？

申纪兰：呀呀，出去都访问我了，像苏联各方面，都是好朋友。就是人家说话，我不敢和人家说话。

西沟村原党支部书记王根考说："她说了，穿上旗袍不敢走路了。出去了，没有人的地方，就赶紧把旗袍撩起来跑一段。她在家里，哪能穿这个。过去，妇女穿的就是大襟衣裳。"

多年来，申纪兰一直以争取男女同工同酬成为中国妇女界要平等、争自由、求解放的斗士和楷模，但这并不说明申纪兰就是一个彻底反传统的人。申纪兰参加完世界妇女大会，回到西沟时，头上扎满了小辫，穿着出国时的衣裙，震动了整个太行山。

但是，这一切在她回到西沟的第二天，便变成了历史记忆：从哥本哈根回到西沟，申纪兰脱下了衣裙，解去了小辫，换上了日常劳作的衣服，下了地，变得和西沟任何一位种地的农妇一样了。不管拿过什么荣誉，只要回到西沟村，换上朴素整洁的旧衣服，锄头一扛，申纪兰就回归了劳动者的本色。

到后来，申纪兰要外出，如到北京开会，她也总是带着两套衣服，公开场合一套，要回西沟时则换上另一套旧衣服。

申纪兰生在太行山区，她的根也在太行山区，只要在这里，她就不会也不可能走得太远。她身上有很传统的一面。

不过这其中有个特例值得深思：改革开放后的平顺县城，因申纪兰的存在或者说影响，几十年来没有出现做"特行"的女性。同样，也因为申纪兰的反对，当地鲜有网吧。显见，她的影响是全面的，也是深广的。

有次社会学家做调研，找到了山西省的老书记李立功，问他起初对申纪兰的印象。李立功说："最早（到西沟去）也是八几年了，大致是1982年。因为我就没去过晋东南，之后当省委书记了，就不能不去。那里是先进，我得去。那会儿不是见申纪兰，是见李顺达。我在太原见过申纪兰，她梳个小辫。她去过苏联，街上照相馆里都有她的头像，印着'太行山申纪兰'。对于申纪兰，我们也很难说'培养'。因为我是青年团的，她当时是青年，好姑娘，挺不错，老老实实的。我们宣传西沟、李顺达，也宣传申纪兰。"

老省委书记的一段话，讲的也是社会历史了。

山上是绿色银行

人们说，贫穷的地方出精神、出劳模。这话显然有一定道理。山西是一个贫穷的地方，就出过很多精神：太行精神、吕梁精神、大寨精神，后来还出过锡崖沟精神、太旧精神。山西也出过很多劳动模范，就西沟所在的平顺县，10万人出头的一个山区小县，20世纪50年代初就出了李顺达、申纪兰、郭玉恩、武侯梨四位全国劳动模范。

精神在一定程度上亦是勇气：在贫穷的地方，如果连勇气也没有了，人们也就失去了生存下去的最后一个支点。当然，精神也是物质：李顺达、申纪兰领着西沟人，硬是用数十年时间，让西沟彻底地改变了模样：

山上是绿色银行；
沟里是天然粮仓。

这也是申纪兰说得最多的西沟民谚。

2008年，我第一次去西沟，跟着已近八旬的申纪兰，跑了西沟的小花背、老辉沟、南山、老雕圪堆。一片片人造森林，漫山皆绿，青翠欲滴，风吹林涛，碧波荡漾，让我体会到了"精神变物质，物质变精神"的深刻道理。

回到西沟展览馆前，申纪兰老人指指周遭的群山，说："你看，我们这树栽得多好，这都是我们一棵一棵栽的。早上带上干粮，中午就不回去了，还要到后沟里头干活儿，一溜就是八里地。我们下雨在山上，刮风在山上，太阳晒也在山上。我们这个干石山区，就是能栽一棵就栽一棵，能种一坡就种一坡。说老实话，多少顿没有吃过饭，多少顿没有喝过水，发扬艰苦奋斗的精神，改变西沟贫穷落后的面貌。"

在西沟人向荒山荒滩奋进的年代，申纪兰抡锤打钎、扛石头垒堰、淘茅厕、挖猪圈，样样走在前、抢着先。为了维护集体的利益，她曾跳入咆哮的洪水，也曾受伤倒在抢险的现场；她曾深夜只身上山护过羊，也曾因过度疲劳晕倒在劳动第一线。

她常说："我是个农民，也劳动惯了。再说，劳模不劳动，还叫啥劳模？"

"劳动起家"四个字，不仅刻在李顺达的老窑洞门上，刻在新西沟的办公大楼前，也刻在申纪兰的心上。

我说："外面的山现在还有好多秃的，进了咱西沟，山全是绿的，像日本大画家东山魁夷的油画，真是好啊。"

申纪兰说："我们种了60多年树，要想打胜仗，男女老少一起上。就是妇女发挥了半边天的作用，成就了这绿色。我们边种边发展，到今年，我还看见有些苗断了，还要种。"唯有种树不能歇。

问她这几十年里他们具体种了多少树，她说：

"我们发展了2.5万亩，阳坡有1万多亩，阴坡是1.5万亩。全部成林了，最小的能做椽子，大的能做檩条。我瞧见山上绿了，就跟我穿上新衣服一样高兴。我们这么个穷山恶水的地方，要在石头上种起树来，也确实不容易。大家都记得，我们开始种树的第一年，费了很大力气种了300亩，可是，才活了一棵，存活率很低。"种了300亩就活了一棵，树都死了。"群众说不能干啊，咱这里就不能栽树。在这个关键时刻，我们的老领导李顺达就说：'有了一棵，就不愁一坡，今年不行，明年再种，总要在咱西沟山上种成。'看，都存活了。"

关于过去的西沟，民谣说：

光山秃岭乱石沟，

十人见了十人愁，

旱涝风雹年年有，

庄稼十年九不收。

正是植树造林，从根子上改变了这一局面。

西沟种树的故事，也始于李顺达带回村的一个苹果。当天夜里，李顺达拿小刀将苹果一片一片地切开，分给大家品尝。李顺达一并带回来的还有长出这种苹果的改良苹果枝，誓要把荒山荒沟变成"山上绿油油，牛羊满山坡，走路不小心，苹果碰了头"的社会主义新农村。

"点灯不用油，耕地不用牛，楼上楼下，电灯电话"，这是李顺达和申纪兰在外学习参观时见识到的。李顺达告诉大家，他在天津亲眼看见大拖拉机耕地，一个多小时就深翻了七八亩地出来。

李顺达说："社会主义建设，长远就是抓林。远抓林、近抓牧，农林牧副吃饱肚。"

申纪兰说："这就是西沟的一个长远规划。"1952年，李顺达就到苏联参观过。"他去参观的也是集体农庄，他回来就给大家宣传社会主义好，说发展了能吃肉。"

西沟人大面积种树，正是从这一年开始的。对此，西沟又有了改编过的民谚：

桃三年，杏四年，
枣树立地就挣钱，
特别是种上苹果树。

我问申纪兰："那苹果树苗当年是从哪儿弄过来的？"

她说："先开始，李顺达从省农科院带回来两棵，改良嫁接的那种。他不是去过苏联参观嘛，人家苏联的果园就多，他就在苏联的集体农庄学习果树栽培技术，把那个经验带了回来。他很会管果树，我们种了300亩果树。"

苹果树就种在西沟的河沟、河滩。"若不然，这沟里也变不成良田吧？"我问。

申纪兰说："可不就是。我们栽一棵苹果树，先要打一个1米深、1米宽的坑，一组人一天打两个坑，这是定额。打成坑后，再推上土填起来，70担土才能填起这个坑来。那真是流血流汗呀，可这就是个起点。我们一直是艰苦奋斗。"

我有个疑问："苹果长好了，还那么多，为什么西沟人不偷吃呢？"

申纪兰回答："集体有个制度，要没有个制度，都抢了。"

西沟的苹果是非常出名的，好吃得很。申纪兰多次提及当年他们一个工涨到一块多钱，这里就有果园的很大贡献。这300亩苹果树，到20世纪80年代实行联产承包责任制、下放土地的时候，村里有的承包户也是发了些财。

集体时代公社的致富树，改革之年百姓的发财树。

西沟人种树的第二个故事，就是那300亩果树只活了一棵。

申纪兰说："合作社我们组织起来了，人多了，我们就要改造自然条件，就是愚公移山，艰苦奋斗，上山栽树，治理水土流失。李顺达提出这一条，县委领导李琳下乡蹲点，帮助我们制订了十年规划，这就是'十年抓五年，五年抓三年'，我们就开始积极地治理。"

"你就开始带领妇女们在小花背上播种植树？"我问道。

"这个石头山上长树难呀。李顺达告诉我说：'纪兰，你必须发动妇女，过去咱这点地用不着，现在要治山治水，就必须解放妇女。'小花背，圪针背，我们去播树种了两座山。过去不育苗，就是播种，播松柏籽，一个人一天播一斤种。都计算好了，李顺达数了数，一亩有多少棵树，需要多少树种，是这么做的。

"我们走遍了山，流干了汗，分秒必争，逢土必种，一个坑是三粒五粒的树种。一播一整天，早上走的时候带上干粮，玉茭面还添上糠，刮风下雨也都在山上不回来，每天要播完这些树种才回来。"

虽然播下了300多亩，但是由于缺水少土，几乎不见成活的树苗破土。

西沟老人张买兴说："检查完回来，发现了一棵，就活了一棵！"

具体原因有很多，如副社长方聚生等人讲的天旱，又如很多树籽被山鸟刨出吃了，等等。

是呀，大家费了那么多力气，累死累活，只活了一棵，让大家怎么能再积极起来呢？有很多人就说"不能栽了，老话说'千年松万年柏'，还不如叫大家歇一歇"；有人说"社会主义好，盘缠路费少，住到西沟不好搞"；还有人说"还是糠菜半年粮，怎么能享受上"。一句话，大家都希望抓眼前利益，比如搞个副业，挣点现钱什么的。

由此，也就有了李顺达的那句："有了一棵，就不愁一坡。咱们就是要'星星之火，可以燎原'。"

西沟造林，必须因地制宜，科学植树。为此，合作社重新制订了植树造林计划，大家又上山了。

"那会儿阳坡不行，后来就育苗到阳坡栽，由县林业局管这个事。阳坡绿化，柏树就长到这个石头缝里，就能保持水土，只是靠它是发不了财的，只能绿化荒山。

"后来，李顺达就又想办法：栽松树绿化荒山，松树生长年代长，难见效率，我们种苹果树，眼前利益跟长远利益结合起来。

"那时候干活痛快，我们拿上镰刀和小镢头就上山。我叫年龄大点的妇女在山下，我跟年轻点的上山。每天早起带点干粮，中午吃点，天黑了才回来。我们那时候还唱歌嘞。"

申纪兰可不简单，郭兰英亲自教她唱过歌剧《小二黑结婚》里的选段。而在这山上种树唱的，是她自编的小曲：

　　走了一岭又一岭，小花背上去播种；
　　现在种下松柏籽，再过几年满山青；
　　建设好社会主义，咱大家都有力气。

而李顺达那个顺口诀，也让申纪兰编成了《有一棵，就不愁一坡》：

山上松柏核桃沟，河沟两岸种杨柳，

梯田发展苹果树，西沟发展农林牧。

七条干沟是大沟

西沟地方很偏僻，在太行山深处的峡谷里，村内 7 条大沟，232 条支沟，332 座大小山头，2000 多人散居在 44 个山庄窝铺。用他们自己人的话，就是"太行山很古老，岁月的流逝把披在它身上的泥土也冲刷掉了"。结果显而易见，一座座干石山坡成了西沟最大的特色，山上不长树，沟里不长草，金木水火土样样都缺。申纪兰的顺口溜是："金木水火土，什么也没有，谁干也发愁。"

说起西沟的土地，只有山沟底部留下的少许黄土，或者是从石头缝中扒出的一些瘠土，随了山势地形。种上庄稼，竟成了百姓们存活的希望。那当然不能叫田，所以西沟人很风趣地叫它"鞋带地""裤带地""海带地"，特别形象。更有人说，西沟是一个"不适宜人类居住"的地方。

跟着申纪兰老人在西沟展览馆耳房坐定，听她接着讲述当年西沟的荒山绿化与修坝造地。

"那会儿山上没有一棵树，雨一下起来，就哗哗地都流下来了。这会儿水就下不了山，树根锁住了水。水不下山，土不出沟，长期下来，我们这里空气好，对身体有益。

"从 1951 年起，我们就开始打坝造地，治理河滩。从 1956 年起，我们就把七道沟都炸出来，把土一担一担地挑上去，把地一点一点地垫起来。

"南赛是两条沟，一个赛西沟，一个石匣沟。加上一个辉沟，一个西沟（老西沟），一个北沟，还有耐峪沟和东峪沟，就是西沟的七条大沟。有时间我领你再到东峪沟看看，八里深，沟里又有好几条支沟。像老西沟，也有几条支沟，有南沟、北沟，还有后北沟。李顺达家那个三岔口，还有桑藏洼，还有老北沟。

"七条干沟是大沟、主沟，剩下的都是支沟、毛沟，那小毛沟算也算不清。我们是石头山、石头沟，没土，光石头，我们不艰苦奋斗就没有出路。"

从初级社到高级社，李顺达、申纪兰带领西沟人开始了一场旷日持久的土地大改造。

从当年的纪录片镜头中，我们还可以看到西沟人民壮志改造家乡山河的沸腾场面：秃岭荒沟，红旗招展；挑土劈石，挥锄扬锨；担的担，抬的抬，搬的搬，扛的扛，好一派集体劳动的热烈景象。

在这部有关她的电视纪录片中亦有清晰的讲解：

西沟造地，风雨无阻，申纪兰还清楚地记得，1953年在自己外出4个月的情况下，免去了"军属代耕"，全年出勤劳动日达到228天；每户分到的粮食比去年多了数百斤，全年中有40个妇女骨干经常参加劳动，造林490亩，间苗180亩，割蒿2万多斤，西沟村的年景也是一年比一年好。

在西沟，人们都知道申纪兰有"两宝""三费"。"两宝"，为系在她身上的蓝围裙和扎在头上的白毛巾；"三费"，则是衣服费、鞋费、袜子费。

申纪兰不得闲，很少有坐下来的时候，即便到谁家串个门，看到院子脏了，也要帮着扫一扫；看到水缸里没水了，就要挑几担。系一条围裙在身上，干活时除免却弄脏衣服的麻烦，天气冷了，还可以挡一下风寒。毛巾扎在头上，是太行山区妇女的一种生活习惯，干活累了，可以用来擦汗。

自年轻时起，申纪兰便有带不完的头、做不完的事：打坝砸石方，她要带头；上山植树造林，她要带头；养鸡喂猪，她要带头；打井抗旱，她要带头；抗洪抗灾，她要带头……

"带头"好像都成了她的专用名词。作家赵瑜先后两次为她拍摄纪录片，对她有比较深入的了解。对此，赵瑜说："在那样的一个政治时代，也可以说把她作为一个优秀北方妇女身上柔美的一面淡化了。干活，她就赛男人；劳动，她最积极。甚至有时候，别人挑一副担子，她挑两副担子；别人挑小筐，她挑大筐（往山地里送茅粪，是不是双担四桶还另钩有小桶呢？这个，我们都没好意思问她）。一双劳动的大手，我接触过，满手老茧。这两年好多了。像原来，我作为一个老运动员，小伙子，握着她的手都觉着粗糙，但这手宽大而有力。"

她挑大筐、挑两副担子，实际上大多就是治沟垫地时期；当然，这期间，她还怀抱肩扛大石头打坝扎塄、抡老锤打钢钎、引火点雷管炸山——太行群峰为之发出隆隆回响。

可以说，一个女人能做的，申纪兰都做了；一个女人不能做的，申纪兰也都做了。

"我们最早修的是老西沟，李顺达就住在老西沟。辉沟是六几年修的。七几年修的是东峪沟，这是治沟，实现农田基本建设。可是我们西沟的土少啊，哪里有一点点土，那也要把它弄下来，垫在地里。弄土吧，那就是靠担子挑哩，靠群众的肩膀，我们连车子都没有，电也没有，就在那种情况下走出的困境。那时候，我们的人特别能吃苦，特别能战斗。

"我们是从远到近，先治远，后治近，先治沟，后治地，后头再治面上的。我们绿化了，山上有树了。脚底下少东西，就给它穿上鞋，这就是打坝垫地呀。中间半山腰上还缺东西，没有种树，咱就再给它系上腰带，种上树。那时的规划，也可好哩。要是这会儿都闹钱，就干不了了。"

她说的这个规划，即为：1956年秋冬，西沟党支部决定向七条干沟进军，在每一条沟里都修一座拦洪大坝或水库。申纪兰负责采石料、运石料，西沟妇女也和男劳力干一样的活儿。年末，西沟村又在辉沟修起了拦洪大坝，挡住了来年的洪水。

此前的1955年12月24日，西沟成立了金星农林牧高级生产合作社，李顺达任社长，申纪兰任副社长，马何则任党支部书记。

"我们说，什么是社会主义？这就是社会主义呀。我们的奋斗目标很大，大家向前看，有奔头就很有劲儿。这也跟咱家庭一样，你的奋斗目标就是要盖这三间大瓦房，所以大家的心里头想的都是一样的。"

我问："当时，是不是有外面的人来和你们一块干？"

就西沟的巨大变化，实际上并不能排除外界这样的胡乱猜测。到"农业学大寨"时期，搞农田水利基本建设，经常会搞成一个公社甚至一个县里的大会战，到处是各公社、各机关的集中抽人，搞得场面也十分浩大。

可特殊之处就在于，西沟人动手很早，在他们艰苦奋斗的时候，还远没到"农业学大寨"时期，更别说全民搞农田水利基本建设。当时是全国农民都在学西沟，包括大寨人，也在学习西沟之列，陈永贵见了李顺达还称他为"李老师"。到"农业学大寨"运动在全国推向高潮时，平顺县也跟着搞了一个"万人大战干石滩"工程——在西沟沙地栈修筑水库大坝，拦洪蓄水，修滩造地。"我们在那儿住着集体宿舍，大家住在老百姓的家里，妇女也都住到那儿，自己带上铺盖。大队还给送上粮食。"

申纪兰说："这些我都经过，地冻三尺不收兵，雪下三尺不收工。"

20世纪50年代，西沟人自力更生，艰苦奋斗，打下了那"半壁河山"。所以，申纪兰说："那会儿外头没有人来，一切都是我们自己干的。那时候主要是干部下来驻村，除李琳书记经常下来外，县委还有一个常驻西沟的副书记在我们这儿蹲点了三年。这个副书记就住我们这个小窑洞里，平时跟李顺达的一个指挥员一样，也和我们一样参加劳动生产。他不自己起灶，到各家里吃派饭，老百姓家里做啥他吃啥，交粮票、交钱。"

"还有，定时、不定时的，省里跟中央都有人来，主要是搞农村工作调研的。通过他们，你才能影响到全国。"

说到省里，1956年10月，山西省委第一书记陶鲁笳专程到西沟视察。

说到中央，1957年4月，中共中央书记处书记、华北局第一书记李雪峰，在山西省委第一书记陶鲁笳、晋东南地委第一书记赵军的陪同下视察西沟。

至于说"影响到全国"，"西沟通"老记者马明和李琳共同署名的文章——《勤俭办社，建设山区》，作为重点文章，被毛泽东"点了名"。

1955年8月，山西省委第一书记陶鲁笳让秘书赵海望给马明打电话说，毛主席要编一部关于农业互助合作化的书，陶鲁笳指定马明和平顺县委书记李琳写一篇介绍李顺达领导的西沟金星农林牧高级生产合作社的文章。马明和李琳深入调查研究，反复讨论，字斟句酌，用了一个月的时间。后由马明执笔写出了题为"勤俭办社，建设山区"的调查报告。全文从"美好的前景鼓舞了人心""合理使用劳动力""精打细算""西沟乡的旧面貌正在改变"四个方面，介绍了金星合作社克服偏僻闭塞、自然条件差的困难，自力更生，全面发展农林牧副多种经济，建社三年就发生巨变的事迹，探索了山区普遍急需解决的生产建设发展方向的问题。这对全国占总面积近70%的山区提供了重要的实践经验。

这篇调查报告，经山西省委推荐，被中共中央办公厅全文编入《中国农村的社会主义高潮》一书，于1956年正式出版。毛主席对这篇报告极为重视，亲笔题写了313个字的编者按。编者按最后说："这个合作社的经验告诉我们，如果自然条件较差的地方能够大量增产，为什么自然条件较好的地方不能够更加大量增产呢？"

毛主席为介绍西沟的文章所写的按语，对李顺达、申纪兰、马明、李琳及平顺县和西沟村所有的干部群众，都是莫大的鼓舞，当时平顺县很多干部都能一字不差地把毛主席的这段按语背下来。西沟人更是把毛主席的这段按语放在全村最醒目、最重要的位置，向人们展示。

上述种种，正如申纪兰所言，本身就是为了解决西沟百姓的贫困问题。"我们一直在劳动，制订的计划就是'地冻不收兵，雪下不停工，正月初一，还来个开门红'。我们就在这个闭塞的地方艰苦奋斗。原来我们这边河沟里还没有水库，那时龙镇下雨，来水了，一下子倒把两边的地全冲完了。"

"李顺达带领我们打成了 70 亩滩地。开始治理的时候，第一年刚修了 9 亩，打了一道坝。打成了这道坝以后，说看看效果，结果发洪水，水猛地冲了下来，堵也堵不住啊，可是我们还是坚持把洪水拦住了。"一时间，他们号召全村男女老少一起出动，在大暴雨中，扛上门板，扛上玉茭秆，全都到坝堰前去堵山洪。"那时打打钟就紧急集合了，人人都下到河滩。像那个王招根，60 多岁了，也跟下去了。眼看着坝口就要决了，就有人开始往深水里跳，我也跟着扑通跳了下去。最后，我们是人和人挤着身体来拦水护坝。就那样，我们在河里用身体堵了半天。出来以后，我们每个人的嘴都一点红气也没有了。"

申纪兰被冻得很厉害，浑身发抖，可是，她硬咬着牙，尽量不让人看出来。用她的话说："我们得到男女同工同酬了，我们不能不下去呀。"从洪水中出来以后，申纪兰猛然间发现男女本有别，妇女和男人天然有生理上的差异。"男同志就顶住这个水了。我出来了，可我这个腿就冰得不行了。我也不知道，咱们女同志有这个生理现象。我站在那儿，很晕。那个蹲点的县委副书记过来问我是不是冷着了，我说不是不是，可一晕，手就碰了一下人家的腿，还热乎的哩。人家也刚从这水里上来呀，可咱这个腿就是冰凉得不行了。只是我不敢说这个话，也不能说这个话。我要是一说，那都不干了。"

这次跳水堵山洪，对她日后未再生育是有影响的。到后来，她本人对此也不多回避了，至多是不愿深说。

"你当干部，就得吃苦在前呀。西沟是这样才解决了吃饭问题，增加了 500 亩沟坝地，都是好地。你看，高处这两岸，都是当初我们那样修起来的。"

从 20 世纪 50 年代到 70 年代，西沟共进行了七条干沟的筑坝造地工程——战斗水库修筑工程、战备水库修筑工程、百里滩治理工程等几项大型水利工程的建设。

在跳入冰冷的河水中拦洪的 1957 年，申纪兰作为军属模范，赴北京参加了全国军烈属代表会议。

同年，申纪兰出席了第三次全国妇女代表大会，再次当选全国妇联执委会委员。

也是这年，申纪兰被评为全国青年积极分子，到北京同全国青年积极分子交流，并再次受到毛泽东主席的接见，同主席握手。

社员都是藤上的瓜

对于人民公社时期，申纪兰的第一个记忆便是："家家都不做饭了，天一黑便来到食堂了。"她说她就是积极分子，作为西沟副社长，管着村上的大食堂。"那会儿，群众也好组织。要是这会儿，怕是就不行。"其中一事，就是把家家户户的粮食都集中到一起。问当时的情况，她的回答是："大家不愿意，也得愿意。我就最知道了，有的就不愿意，有的随大流，想人家咋样咱咋样吧。"

当然，妇女们是不用做饭了。"妇女就上地了呗。可是，一家人的饭还不好做呢，这合到一起就更不行。我后来有个观点，说弟兄们还分家过呢，咱从实践中来，这个大食堂化，你好饭也吃不好，再不用说咱本就没啥好吃的，人又那样多，顿顿是汤汤糊糊，哎呀，往大锅里倒上一布袋玉茭糁，做得稀不溜。每人打上一大碗，就走了。这前后差不多有两年时间。"

在这两年里，申纪兰想过很多方法，争取让大伙的伙食能有所改善。

其中一个办法，就是动员学生们挖野菜。"让大家吃上了野菜馅饺子，再弄上一锅汤。"

第二个办法就是弄回更多的野菜。西沟人叫"空手不上地，空手不回家"。"空手不回家"，自然是社员下工回来每人捎一担野菜；"空手不上地"呢，则为每人挑一担肥去上工。申纪兰说："抓肥又抓菜，生产叫呱呱。"社员弄回大食堂的野菜吃不完，最后晒干了放到冬天吃。

山中饥寒相连，人们自是渴望温饱。吃上的问题难解决，李顺达、申纪兰就鼓励大家冬天烧好暖炕。

申纪兰说："咱大有大的好，小有小的好，这都是社会主义因素。那会儿冬天的炕，全是烘（烧）上的。

"李顺达说，'白天晒太阳，黑来躺热炕'，咱全指着这个炕暖呢。"

那时候百姓生活多苦寒。"连个盖的都没有，炕上就只有张席子，哪有个褥子来呢？"申纪兰说，"你看，这会儿床单、衬单、被心，数不清的变化，过去和现在真的是不能比呀。年轻人想盖就盖，他们一生下来就享受着这些还不满足。"

那会儿，地里的玉茭茬子都要打回来烘火烧炕，现在当然是谁也不要了。

对此，她还强调："山上哪有那么多柴让你烧呢？那时连青蒿、黄蒿都要刨回来烘（烧）了火。山上的水土为啥保持不住？是连一点点青绿的东西都要弄回来烧了。"

太行天下脊，人民存活艰。

申纪兰说："发展也是一个规律跟着一个规律，也不是一下子就能弄成个样子，有个物质基础问题。"

这话实际上说的是1958年"大跃进"大炼钢铁时。她领着西沟妇女在白家庄山岭上建了一座土高炉——"三八炉"。其间，她曾组织村里的妇女到壶关八一炼钢厂学习，自己也因连着三天坚守岗位，直接晕倒在了炼钢炉前。

因她带领西沟妇女们大炼钢铁，村里人还特地编了一段小快板：

申纪兰，真能干，

领导妇女把铁炼；

炼成铁，炼成钢，打成炮，

打得美国没了帽。

1958年12月，申纪兰赴北京参加全国妇女建设社会主义积极分子代表大会。会议期间，受周恩来总理的邀请，她同与会的另外六位女社长一起，在紫光阁进行座谈后，参加了周总理特别为她们办工作宴请。

周恩来总理还和七名女社长照了一张合照。申纪兰家的墙上就有这张照片，她也多次向大家讲起这段往事：

"这一张照片是1958年照的，当时我们在北京开群英会，总理最是平易近人，请我们全国去的七个女社长在紫光阁开了三个半小时的座谈会。总理对我们的事问得可仔细严肃了，我们还吃了他一顿饭。"

到了晚年，申纪兰还记得一起被周恩来总理邀请去的女社长里，有安徽的陈素珍、陕西的张秋香，湖南有一个，浙江有一个，"山西就我一个"。

宴上，周总理说："纪兰，你们山西人吃醋，哎呀，可我这里没有醋啊。"

让她抱憾多年的，则是周总理敬她酒，要和她碰杯，她却告诉周总理她不会喝酒，没有端起酒杯。"唉，因为我就没有喝过酒，不会喝酒。这会儿是想喝也喝不上了。"

当然遗憾了。在第二届全国人民代表大会上，她和同为山西女代表的歌唱家郭兰英成了好朋友。前文说过，郭兰英还教她唱过《小二黑结婚》中的选段。在1976年毛泽东、朱德、周恩来相继去世以后，她进北京开大会时还听过郭兰英重唱《绣金匾》，听到"三绣周总理"这一段时，她满脸泪水。

郭兰英不仅是在那次大会上唱哭了申纪兰，实际上，郭兰英重唱《绣金匾》还唱哭了整个中国。

三绣周总理，

我们的好总理，

鞠躬尽瘁为革命，

我们热爱您。

"哎呀，那泪就直接下来了。大家都哭呢。"

周总理的座谈会及工作宴请，很重要的一项就是要向她们这些女社长问"大跃进"的情况。

周总理问申纪兰："炼钢铁了吧？"

申纪兰说："炼了，锻炼了，锻炼了，也会炼铁了。"

周总理问："炼得好不好？"

申纪兰说："还可以。"

周总理问："你山上那个不一定好吧？"

这让申纪兰不禁一惊："哎呀，周总理怎么啥也知道呢？"

周总理接着又问："卖锅没有啊？"

申纪兰说："卖了。"（后来，她向大家说："总理面前不能说假话，总理那么平易近人呀。"）

到宴会散后，周恩来又特别领着她们参观了中南海的小麦试验田。

申纪兰说："那会儿'浮夸风'厉害，周总理就实践呢。中南海试验田里的小麦长得又粗又黑。总理问我：'纪兰同志，你说这小麦能打多少？'我赶紧说好。哪敢跟总理说能打多少呀？咱哪能种成那种小麦？后来，总理就跟我们合了影，留下这张照片，我还请总理给我签了个字。"

她人憨吗？是的。可她也有机敏、聪慧的一面，你看，她这追星可了不得呀。周恩来总理是"巨星"吧，还特地为她签了字。

我不由地问她，1958年遍及全国的"浮夸风"是否也影响到了西沟的产量上报？

申纪兰回答得很坚决："没有。"

1958年秋天，他们向上面缴的粮多了。李顺达就问申纪兰："纪兰同志，你家里粮食够不够啊？"

申纪兰说："我们是勤俭办一切事业，我告诉你，我不会向大队借粮食，我婆婆很会过日子，我家勤俭节约就够了。"

李顺达说："咱要给党说句实话，咱西沟不要救济粮。你也可以，我还可以，咱就都了解了。当然，有个别群众不够，那是个别人的问题，咱们整个还可以。"

当时报纸上说，给国家缴的粮食多了，可以向国家要返回。

但西沟人没有这样做。

申纪兰说："我们是产量不低，缴的粮食也多，但是我们没有向国家要返还，这是实话。我们对党忠厚老实，不讨这个便宜。我们不像有些地方，人家报高产量呢，你也报，不顾实际产量；人家缴，你也硬着上缴，弄得自己人活不下去，这叫投机！这就不好了，这（说实话）是对党最忠诚的一件事情。"

接着，申纪兰老人再次强调西沟人"勤俭办一切事情"。"就是不够了的，也能够了；够了的，还能有长余。勤俭办事业，多会儿不吃亏。"

西沟还特别树立了勤俭持家模范宋银桥，号召大家向她学习。

"她也是一个好共产党员，家里头过日子过得最仔细的一个。"申纪兰说，"我们西沟每一个时期都有典型，都有党员带头，每一个时期，我们都是实事求是地走过来的。"

1958年，对于申纪兰来说，还有多件有影响的事，其中大家知悉的有：越南共产党主席胡志明接见申纪兰；朝鲜劳动党主席金日成接见申纪兰；美国著名记者安娜路易斯·斯特朗采访申纪兰；苏联女英雄卓娅的母亲给申纪兰来信，称赞她是一位女英雄。

转过年，1959年4月，李顺达、申纪兰当选全国人大代表，赴北京参加第二届全国人大第一次会议。

非常时期的非常记忆

匍匐在土地上的百姓，盼望着能有好日子，能吃顿饱饭，岂料此时进入一段非常时期——被人们贴上"大饥荒""大灾害"标签的1960年。

申纪兰的开场话是："后来，是非常时期，遭灾了。熬淀粉，开现场会，我都干过。"

所谓"熬淀粉"，就是将玉米秆晒干，秆芯碾成粉末，之后用粉末熬成糊糊，也有蒸成窝头状的淀粉疙瘩。这东西不但难吃，还非常难消化，有百姓形象地比喻为"身体里积了石灰"，很多人也因此得了大肚病、浮肿病。

申纪兰当时也属于这种情况。"因为喝熬淀粉，我得了浮肿病，眼睛也瞧不清了。那会儿，西沟还跟龙镇在一块，属于龙镇乡，乡领导知道我的情况后，说'她这一大家人，关心也没法关心'，就给我买了干粮，送过来让我吃。我和他们说，'这可不是我家人对我不好，不叫我一个人吃，是家里没粮食，都吃不上'。党对我多好啊，给我送干粮让我补充补充，还说：'看你成了个甚了？去了地里，两眼都瞧不见了。'这时候树上的洋槐花开了，我就上树一把一把拽洋槐花吃。也不知道这是不是个小偏方，没过多久，哎，眼睛倒瞧见了。"

当年申纪兰上树拽洋槐花吃的情形，其他乡亲也有讲过。平顺县人大常委会主任宋忠义就曾在电视采访中说："过去我们吃糠咽菜都吃不饱，栽树的时候申主任就晕倒了，（我们）以为是

（她）得了什么病了，后来（她）就在山上揪了一把洋槐花吃了，一会儿就好了，（我们）才知道（她）就是饿的。"

我在1985年写过一首《三种树》，亦是对这样情景的切身追忆：

> 我的童年有三种树像亲人
> 香椿，古槐，老榆树
> 它们是我人之初苦难的证明
> 也是我小时候忍受饥饿的供词
> 我爬在树上朝春天头上瞭望
> 老黄土缄然地收起我的目光
>
> 三月，四月
> 庄稼人最饥饿的时节
> 我家吃槐花吃榆钱儿吃香椿芽儿
> 我姥姥有时还把榆树的老皮扯下
> 碾成铜粉一般的面
>
> 三种树，在我房前屋后在故乡的村路坟头
> 含辛茹苦人一样生长
> 青了绿了，扎出土地的心事
> 不知它们是否也知悉自己曾弥补过
> 受苦人和土地间的宽大缝隙？

这是非常时期的一点非常记忆。太行山人，不容易。

关于"三年困难时期"，对西沟言，还有两个重要事情：

　　一是 1961 年 4 月，农业部部长廖鲁言、山西省副省长刘开基在西沟、川底进行调查；二是 1961 年 10 月，毛泽东的秘书田家英到西沟调研农村基本核算单位问题，田家英听取了李顺达的汇报，当时申纪兰也在场。

　　这对于我国农业政策的调整是否有一个大样本作用？

　　现任西沟村党支部书记郭雪岗讲过一个关于这一时期发生在申纪兰家里的小故事。

　　"这件事，村里的老人们都知道。那时候，人民公社实行大食堂制，家家的粮食都要缴公。申主任当时就负责村里的大食堂。申主任的丈夫不是在部队嘛，可能是部队供应了点儿麦子，他就捎回家里来了。申主任的婆婆呢，往大食堂缴粮食的时候就舍不得这点麦子。这麦子金贵，她想悄悄放下来，等过年时用。她把麦子藏到什么地方了呢？缝在了咱睡觉用的枕头里了。申主任也知道家里有这么几斤小麦，可死活就是找不着。申主任说不行，就做她婆婆的思想工作，说'我是村上的党员干部，又管的食堂，咱不带头缴粮食，那大家也都跟着藏起来，食堂也办不了了'。她婆婆也还是听她的话，主要是也不想让她在村上为难，就告诉她，把麦子缝到枕头里了。"

　　就是这么一出。

劳动，劳动，一直劳动

　　申纪兰说："一个时期有一个时期的政策，政策下来了，我们就积极响应。"

她讲她什么都干过，包括养猪、养羊、养鸡、养牛、割蒿沤肥等。西沟人从开始建社起，就有一种全面发展的思想。西沟人农林牧副全面发展的目的仍在于让老百姓填饱肚子，整个基础，还是相对人性化的。

先说养猪。"当时国家号召养猪换钢材。咱国家就说了，一个国家没有钢材可不行，咱就是再穷，也得有钢材。这个钢材，就是国家的顶门市的事。在全国人代会上讨论的时候，首先就提出来要发展钢铁。我们西沟就大力号召社员们养猪，说你养猪就是支援国家，有了猪，咱国家就能换回来钢。我们的号召是一户一头猪。"

李顺达也说："一户一头猪，家家户户都养猪。"

申纪兰就编了许多顺口溜，李顺达也是，好像是个平顺人就会编顺口溜，就和左权、河曲多有民歌一样。

每户人家养了，村上还养吗？申纪兰说："养，我就是养猪场场长。养了150头猪，我主要负责，还有一个副场长、几个饲养员。"

在前面的行文中，提到申纪兰到镇上做牲口交易买卖，略知牙行，这会儿正可听她说个究竟。

"村上办猪场，首先得买来猪崽。我就去了龙镇集上，到摊前问卖主：'多少钱一只小猪？'哎，人家不答话，跟我捏股呢。他把手伸到衣袖里，用捏指头来讨价还价。这就是牙行，可我也不会这个呀。我就回去，叫上南赛的赵相其。他这个人懂得牙行这一套，我就叫他跟卖主捏指头。赵相其和卖主捏了一会儿，过来问我捏的价行不行？我说：'不行，你重捏去。'一直捏到我能接受的价钱，才把猪崽买回来。"

具体到喂猪的情况，那时村里开了个粉坊，大磨磨出的浆一桶一桶地倒在猪槽里，哗哗的，不一会儿，猪就拱着吃完了。猪吃得很多，用申纪兰的话说："一头老猪一顿就得吃半桶，不像这会儿饲料喂猪，弄点粉拌拌就行了。"

所以，村上那个粉坊还不够大，他们还得打很多野菜。像麻籽菜等，猪也是很爱吃的，上油上膘。

村里集体办几次养猪场，而非一以贯之，但申纪兰这个猪场场长当得挺久，到"文化大革命"时期，她也还在忙乎猪场里的事。据说，她们当年还养过种猪，其中就有苏联大白猪和巴克夏猪。

苏联大白猪系俄国19世纪七八十年代从英国引入的大白猪，经长期驯化和选育，于1925年被列为苏联国家品种。1923—1931年，苏联又先后五次从英国引入大白猪，对苏联大白猪进行了血缘更新。苏联大白猪是兼用型品种，体格大，产仔多，杂交效果好。

巴克夏猪则为英国古老的培育猪种之一，迄今已有300余年的历史和200余年的纯繁记录。该猪育成于英国巴克夏郡，故以其郡名命名。

在亲历者的记忆里，西沟所养的这些猪，个头都特别大。

2020年入伏以后，我到山西省委党校宿舍拜访曾在西沟插队的张淑兰大姐。她对这些猪就有一番较为详尽的描述。她说："那些猪可大了，可以当牲口什么的骑着。"张淑兰大姐是插队西沟的大学生知青，现今已是七十三四岁的老者。当时，她跟着申纪兰这个猪场场长劳动过一段时间。

继续说申纪兰当猪场场长的事儿。养猪对她拖累很深，过大年的时候人都不能回："我得看猪吧。"有记者曾问："是猪下小猪崽你得看着？"申纪兰回答："这是一方面，主要是晚上得有人看猪。那会儿，山里狼多，看不好，狼就可能跑来把猪吃了。

"150头猪，没有吃的——哎呀，就得了病了。吓得我就跟自己得了病一样。猪躺倒咱就交代不了啊。想办法给它炒上糠麸，剁上野菜，好叫它们多吃点。"

她身体也很强。集体的养猪事业首先是出猪圈，是很多男劳力都受不了的苦累脏活，可是她就同村中的壮劳力一样，跳进集体那大猪圈里，一大锹、一大锹地向外抛猪粪。

申纪兰说："出圈是个重体力活。出圈的时候，人站在猪圈里，用铁锹把猪粪一锹一锹地撂出去，猪圈的墙又高——撂低了不行。一个男劳力出一个圈都累得腰酸背疼，女人家就得很使力气。猪圈里臭味又大。真是累呀。"

可这猪粪是宝贝，上到地里，最是壮庄稼的了。我们说，积农家肥能有猪粪做底料再好不过。

申纪兰也说了："我们这个农家肥料特别好。为了沤粪积肥，赶在7月，社员们全部加入割蒿队伍。整半个月，全忙这件事。差不多把山上的青蒿、青草都打光了。因为玉米秆子还要喂牛喂羊，不能用来沤粪。"

在老西沟，村上还办过养鸡场，这也是申纪兰带着妇女们弄的。

开始养鸡时，她们不大懂得科学道理，弄得大部分鸡把毛都啄了下来，半秃个鸡身，鸡不仅不健康，还十分难看。"可当时就不知道这是因为缺钙。有个领导说：'纪兰同志，你养这个鸡，技术太差，鸡为什么把毛都吃了呢？限你几天吧，叫鸡把毛长起来。'哎呀，这我可发了愁，它们咋能一下子把毛都长起来呢？我们弄清楚这鸡是缺钙后，就捣上鸡蛋皮来喂，叫它们长毛，可是费了大劲儿。"

鸡场有了鸡蛋，那也是要替集体换钱的，根本不是一个舍得吃或舍不得吃的问题。鸡蛋钱一样会在社员们的工分中体现出来，当然，集体还得有提留。"老百姓养鸡下蛋就是换盐，'鸡蛋换盐，两不见钱'，那会儿家家户户钱都很紧。我们大队养鸡场的鸡蛋多，一样不能分给谁。"

跟着她养鸡的有三个妇女。大队的饲养场里自然还有猪，另外还养有细毛羊和种马。

"种马，那就是要去配种的嘛。"有一次，申纪兰牵上种马到地里刨山药蛋，岂料这种马看见有其他牲口就跑着去追。"啊呀，它那个跑呀，不光把我的布袋踢坏了，还把我的脸皮创了一块。"

细毛羊、半细毛羊，当年在太行山区亦属新引进的优良品种。因为它们的发展状况良好，1976年，省里曾决定在陵川县召开一个有一定规模的交流大会。可是，由于开会时间碰到了9月9日毛泽东主席去世，举国哀悼，交流大会随之取消。这和我多少有点关系，当时我在陵川老家参加了县里专门为迎接大会召开成立的宣传队。我们从夏季便开始排练，弄出来一台很不错的歌舞小节目。

羊儿呀，雪白的半细毛像棉花，
我伴你走岭过山崖；
清粼粼的泉水任你喝，
绿油油的青草任你吃；
你吃饱吃足快长大呀，快长大呀，
多产羊毛支援国家。

第二段最后一句就变成了"多产羊毛支援亚非拉"。这是一个主舞中的插曲，男声独唱。

拉扯这些是想说明，对于太行山区，必须是农林牧副的全面发展，单一的种粮食缴公粮，不但百姓们的生活艰苦，对国家能做的贡献亦很有限。当年西沟经验至少部分地证明：集体经济只要有一个合理安排，不敢讲大有作为吧，相对来说还是能够搞好搞活的。采访中，申纪兰多次强调，西沟在那时一个工就达到了一块多钱。从三毛钱逐步攀上来，艰辛和汗水，没有白费。

而此时，西沟全大队的羊已经发展到1000多只，12个生产队每个队一群羊。

申纪兰说："要按现在的说法，我们就是科学发展了。瞧啊，我们的羊圈都弄到山上了，也省了劳力再往上面担粪。是几头省。这不也是改革吗？那时候，我们说是提合理化建议，想来也不容易，也是一步一步走出来的。"

还有个数字，是村上已经发展到300多头骡、马、驴、牛等大牲口，加上猪鸡羊，绝对可以说六畜兴旺。而这还仅仅是从"三年困难时期"中刚刚摆脱出来。

正因为如此，申纪兰常常对人讲："在西沟，不管你吃多大的苦吧，可心里头痛快。我们12个生产队都是联村队，统一核算，经济联系在一起，分不了，也分不开。我们不能嫌谁穷，不能嫌谁富，我们就是发展社会主义。"

接着，听她继续讲怎么深翻土地。

"秋天，打下粮食后就开始翻地了。'两头见星星，黑夜点马灯'，那时候群众也积极，都顾不上家，全在地里。"

在相同的天气、地理条件下，西沟人种麦子也是比较早的。

申纪兰说："麦子我们种得少，因为产量低、分得也少，一个人分上一点。说的是家家户户都要够吃，还要够走亲戚，这我们就勤俭节约，一般自家很舍不得吃。

"具体到玉米产量的变化，这里有个界线，即种'金皇后'前和开始种'金皇后'后。以前种土玉米，一亩地也就打二三百斤，种上'金皇后'以后，玉米就打得多了。这里，又有个界线。这便是上纲要，亩产400斤；过黄河，亩产500斤；跨长江，亩产800斤。农业上的硬指标啊。"

"后来，农业社就种成了双茭。双茭配种，还给它抹粉呀。把妇女组织上统一授粉，就是在那个上头弄些粉来抹到这个上头。"西沟搞得也是很专业化的。"试验田，配种地，隔离区，不叫刮风。"申纪兰如数家珍，因为这都是她传授出来的，她当然很精通。"农业社还教我到县上农业局学技术，学优种，这个锄苗、拔草都得有距离，还得隔行取种。那会儿农业技术也有啊，最后咱农村还成立了技术研究所。咱西沟有一个姓张的技术员，是个初中生，挺爱钻研的，为集体服务、贡献都不少。"

当年，陵川老百姓中有一个误传，说人民币一块钱上的拖拉机手是照着申纪兰画的。后来，有人在报纸上看到了申纪兰的照片，又说就头发和钱上的拖拉机手像，都是剪头发，变成了惹趣逗笑。当玩笑开过了，倒是大家从这个侧面了解到：申纪兰会开拖拉机。

"那会儿我们治山治水，农林牧副一起上，每一个小队都有一台小手扶拖拉机。小拖拉机不光能往家运粮，还能耕地。我们也实现机械化呢，让机器代替劳力劳动，绝对是好事。过去，咱靠肩膀担上，可人家那个独轮车就能推四担土。这个独轮车，我后来推得它惯惯的，就跟骑自行车一样，往这边拐就往这边使上点劲儿。之后，独轮车又变成了平车，平车又变成了小手扶拖拉机。跟着还一直在变，最后到了土地下放以前，村里就有了两辆大解放车，还有大铁牛、丰收35拖拉机，有三四亩地，就能耕作。"

"我开的红星四轮拖拉机是咱长治出的，那个比较稳当，比小手扶还好开。"

就生产机械化，申纪兰也讲了西沟的问题，尤其是实行土地承包制以后，"地太小，盘缠路费少，不好搞"。"我们因地制宜地发展，集体时候用拖拉机还能耕作。土地下放后，像咱这山区里地都分成了一圪绺一圪绺，给你耕了，我这块地倒乱了，咱们还得重分。"

短时期受冲击

在申纪兰的履历中，有如下经历：

1966 年，申纪兰受到了冲击，有人说她的家庭成分有问题，被李顺达强硬顶回。

在赵瑜的长篇纪实文学作品《但悲不见九州同》中，对这件事的记录比较详尽。当然，那也是最早见诸文学作品中形成文字的东西。赵瑜的这篇纪实性文章发表于 1986 年《黄河》杂志某期，在后来出版的《赵瑜自选集》和《赵瑜名作精编》中都有收录。从作品中，不只能看到当年这件事对申纪兰的冲击非同小可，同时还能看到李顺达的斗争经验、对申纪兰的真心帮护以及对西沟的管控能力。

1971年，申纪兰当了平顺县委副书记，显见属于"三结合"进去的。当年，说一个造反派被结合进县革委班子，成为核心小组成员，是紧跟毛主席的，绝非什么贬损之意。当然，申纪兰不是造反派，能被结合进去，主要还是以她的劳模身份。

这个县委副书记，她直接没有去履职，她的原话是："我就知道我的位置在西沟。"

当时任命的大背景，就有李顺达当晋东南地区书记、省革委会副主任，同期的陈永贵也是这种情况，省里、晋中、昔阳，似乎是都要被统起来了。

后来，申纪兰在一次采访中说："我不是不想去，可咱去了，能当得了呀？"她还说那是对她的鼓励，"我就没有把这个当成自己的事业"。

诚如赵瑜言所言："她也是惊魂未定呀。当年血统论炽盛，揪住你，跑不了。"

我曾写过这段历史：

申纪兰出生在太行山深处一个叫杨威的山村，父亲姓宋。因祖上勤劳，宋家薄有田产，土改时曾被划为富农。不过，就在申纪兰出生不久，她的父亲就因病离开人世，留下母亲和她以及两个姐姐相依为命。申纪兰5岁那年，寡居的母亲实在无力承担一家四口的艰辛生活，便将申纪兰的大姐留在夫家，带着申纪兰和二女儿改嫁到平顺城关山南底村，与一个名叫申恒泰的乡村医生重组了家庭，她也从此改姓为申。不想这段身世在"文化大革命"运动初期，几乎给申纪兰带来灭顶之灾。村里的造反派不知受谁指使，趁李顺达外出，从杨威取回来一份申纪兰生父是富农的证明材料，对申纪兰进行了围攻、批斗，弄得申纪兰有口难辩，只好流泪。后来是李顺达回到西沟，与造反派进行了一次激烈的对话，最后当着申纪兰的面，将那份证明材料撕碎，这才免除了她的一场灾难。

扎根才有方向

许国生，福建人，毕业于中国人民大学，当年到西沟插队锻炼，应该是大学生中最早的"插队知青"。后来，许国生任山西省委党校常务副校长。

因对他的情况不是太熟悉，也因他英年早逝，写作中，我又做了一些寻访。

在我看来，申纪兰、李顺达以及更多的西沟人与他的关系，是非常有意义的。于他而言，当初来西沟，是对中国北方农村、农民、农业的融入，所谓"知识青年到农村去，接受贫下中农再教育"；而另一边，在那样一个严酷的阶级斗争年代，太行山人对待知识分子的态度仍不失中华传统礼遇，是春风化雨，也是春风化育。当时，许国生跟着申纪兰在养猪场干活儿，只要能抽出时间，他就要申纪兰讲西沟故事。还有一特别之处，是他自始至终都叫申纪兰"老师"。

"小许就当我是个老师，一直叫我申老师。我也不知道，我是个什么老师？"这多少年里，她还疑惑不止呢。

在申纪兰眼里，那时候的大学生是很有水平的，也特别成熟，不像现在一些大学生，对自己所处的社会没有一个相应的了解。

"许国生很懂得艰苦奋斗，学历深是一个，认识问题的水平也很高，特别是干事情尤其认真。李顺达对他也很好。所以，有些人就嫉妒他。他给大家起带头作用，有人就讽刺他。他穿个小大衣，上面有很多补丁，有人就说：'哎呀，你瞧这个人，就是发扬艰苦朴素哩，是抓表面工作吧？'先进也不好当，你先进了，就有人反对，因为总有人跟不上。但我们能正确对待，谁好我们就表扬谁，教大家都往好的地方学。大家都好了，多好。什么时候也得有带头人，知青也一样。"

在西沟一共有17个大学生。在此之前，我是一点儿也不知悉，这位曾插队西沟的许国生校长，竟是女诗人、黄河电视频道总监许凌云的父亲。许凌云在山西大学读书期间，出任过第十届"北国诗社"的社长，省城诗歌圈的许多诗人朋友都和她相熟。所以，许凌云和申纪兰也就不是一般记者和名人采访对象的关系，她直呼申纪兰"申奶奶"。2019年，在申纪兰获得"共和国勋章"之后，许凌云包揽了多个角色，为申纪兰拍了一部电视专题片——《本色》。

拍摄围绕申纪兰的几个"本色"，如劳动模范的本色、人民代表的本色、共产党人的本色、中国农民的本色，这也是我和多位好朋友讨论过的。

2020年4月，老友郭新民带我到榆次山中寻访当年的长治市委书记吕日周。来去途中，郭新民就激情满怀地展开此话题，最后总结出来申纪兰身上主要有六个本色，如上述之外，还有中国先进妇女代表的本色和中国农村基层干部的本色。这些皆是我写作申纪兰的根本。

郭新民在长治市任市常委、组织部部长任上，亦专门组织拍摄过一部纪录片《走近申纪兰》，稿子全由郭新民操刀写就。这也是一部很好的党员教育教程，据郭新民讲，不但拍摄得早，片子还上了中央电视台。

这是一位平凡的普通人，但她又是一位平凡的英雄，了不起的普通人。她就是全国劳动模范，唯一的一至九届全国人大代表，长治市人大常委会副主任，平顺县西沟村党总支副书记，太行英雄申纪兰。

开篇用这个调子，显见还是奔申纪兰那些个本色去的。

说回许国生，在毛泽东主席发出"知识青年，上山下乡"的号召的第一时间，许国生便率先报名，选择了西沟。到最艰苦的地方去。他下来是进行全面锻炼的，学农、学军、学工，走的是这样一个路线。

许国生生于1942年，在他的简介中，首先写明："1968年中国人民大学毕业后，在农村、部队、工厂锻炼5年，在工业局工作3年。"他从西沟去当兵时，都要29岁了。当然属于特招，当时晋东南军分区司令员吴天明还给他写过一封推荐信。两年后，他回到地方，又通过李顺达的安排到工厂当了工人。

他到西沟，一开始住在老西沟那头，也是在那里参加劳动生产的。这些大学生知青聚在一起，许国生讲自己希望到更艰苦的地方，有人说猪场养猪就很艰苦，提醒他可以到养猪场进行锻炼。于是他就找了过去，干了这"又脏又累又苦"的饲养员。

那时栏圈里是150头大猪，猪场并没有多少人，猪的饲料还远远不够，他们必须自己想办法。挖野菜，是其中一种。再者，冬天怎么办？倘若有了猪瘟呢？还有，山上有狼。

许国生和申纪兰还有一个相同的地方，那是两个人的父亲去世都早。

"他对党的感情不一样。他下乡以后，也真正是按照党中央的要求来锻炼、改造自己的。"

申纪兰说："赶着过年了，咱这职工们都回家了，我就在猪场，跟许国生两个人忙。他也是真心不怕苦累，干甚也能像咱农民一样俯下身来。

"冬天很冷的时候，我们要去垫地。这许国生也是推上个小车，一车土一车土地往地里推。那么冷的天呀，他系了毛巾，把脸捂住。

"我们中午不回来，自带干粮，土暖气就是在地头烘烘火，烧烧干粮，吃完稍微歇歇就起来干活了。到下午五点多，日头也没有了，这才下工回来。垫地是任务，冬天必须干下来。许国生问我：'申老师，这是不是愚公移山？'我说：'得一直干才能移山哩，可不是推上一天土就能移了这个山。'那会儿，咱们学习毛主席的愚公移山精神大战石匣沟，南赛那儿的地，一块儿一块儿的，都是我们垫起来的。"

在那个大年下，村上一个农民央求申纪兰给他孩子绱一双鞋。"我本来是忙得不行，可他家孩子过年没新鞋穿，他做了一双绱不了，就央求我帮忙。"这样，得空时，申纪兰就在猪场一边给许国生讲西沟故事，一边为这家的孩子绱鞋。

许国生说："申老师啊，你真是跟群众的关系好啊。"

申纪兰说："他给孩子买不上鞋，做了这么一双，还连不到一处，我给他绱，让他孩子过年能穿上。"

申纪兰回忆与许国生在猪场的最有趣的一段，就发生于这年的大年夜。天还早着呢，许国生就喊："申老师，咱给毛主席鞠躬吧？"这时正处在"早请示、晚汇报，三忠于、四无限"这个阶段，连申纪兰都说："可真是热闹呀，学习'老三篇'，许国生也是一直教我讲。"申纪兰看了看时间说："等天傍明了吧，这才三四点呀。"

大年夜，就他们两人为栏圈里的大猪忙碌着。本来，许国生晚间是要回去的，可正好有大母猪下小猪崽了。两人就这样一直忙到凌晨两三点，给大母猪接了产，一堆小猪崽子都弄好后，许国生没有了睡意，就叫申纪兰和他一起向毛主席鞠躬。

领袖像，红书台，全国上下，政治挂帅，养猪更不例外。诚如申纪兰言，"发展养猪，支援国家，换来钢铁"。

"咱这就是政治猪呀。"养猪是，杀猪也一样。1966年国庆，《人民日报》头版登载一篇山西省原平县食品公司屠宰场徒工杨美玲的讲演稿《用毛泽东思想指导杀猪》，这个十六七岁的女孩，一时便成为活学活用毛主席著作的先进典型：她于1964年进食品公司当徒工，当时女孩子都不愿意学杀猪，但她学习毛主席著作后，破除旧思想，苦练杀猪技艺，很快就掌握了过命、吹涨、刮毛、剔骨、洗粪等一整套杀猪技术，成为原平有名的杀猪能手。

实际上付出了很多的艰辛与汗水，做他人所不能。可谁能想到，就会赶上这样一个时代：不爱红装爱武装。

在西沟呢？他们自然也是吃苦受累了，可是心上不受罪。

首先，李顺达、申纪兰主要还是把他们当成孩子对待了。有人就说："李顺达、申纪兰关心他们这些知青更胜于关心自己的孩子。"

许国生后来在西沟成家立业，正是申纪兰为他们做的牵线月老。

申纪兰说："女方是晋南人，我觉得挺好，撮合了他俩。"

赶在那年春天，他们在西沟一个小平房中举行典礼，申纪兰作为他们的证婚人，还专门讲了话。

许国生在村里当饲养员期间，经县里和村上共同研究，要抽调他到西沟接待站工作，可他不干，说："我去了西沟接待站，不就有违我来学农锻炼的初衷吗？"于是，机会给了另外一个大学生。

后来，许国生在部队同样表现得很优异，部队要直接提拔他为指导员，弄得他赶紧退伍。他说他学工的目标，还没有实现呢。

再后来，就调他到省委党校。当时，他在晋东南地区工业局，不愿意上党校当老师。调他的领导说："你在地区工业局干得再好，成就的是你一个人。你到省委党校来，能造就一百个一千个你这样的人。"

问起几个当年在省委党校学习的老友，他们首先说许校长课上得好。

清明节来了，我的思绪一下回到18年前，那是我思想成熟的黄金时期，我在山西省委党校学习，领略了理论阵地高知们的精彩演讲，遇见了山西最著名的经济学家许国生校长。

我虽然和许校长只近距离接触过两三次，但我对他的人格非常尊敬。许校长的讲座我也听过不少，非常生动，直击人心。他是福建人，那带有闽南口音的普通话，也很好听。

这里，有没有当初西沟的春风化育呢？多年后，离开西沟的许国生成了党校校长，他要妻子到西沟接申纪兰，请她到他们太原的家里住住、歇歇。他说："申老师，她可是受过大罪，吃了太多的苦。"

申纪兰说："许国生很体贴我，我这会儿还想念他，跟他很有感情。那次我到党校他家里看了看他和孩子就走了。我哪能在他那儿住呀。我和他说：'你有这个心意，我就很感谢你了。'"

而那之后，许国生又两次请申纪兰到学校上党课，两次都搞得很成功。

在党课上，她也评说了许国生。她说："许国生没有靠山，他的靠山，就是人民群众。"

所谓"扎根才有方向"，他和申纪兰也是一致的。

更多知青

此后，申纪兰受晋东南地委的委托，到天津去带知青回来。

"你说，这可了得啊，一下子从天津接回来2700多个知青。当然，天津本地的最多，像南开区什么区的都有，北京的也有，还有北大的、畜牧学校的。他们当中，初中生最多。"申纪兰说。

知青来了后，就把他们往各个县里分，大县多些，小县少些，如陵川县可能就相对少。

无疑，这对整个晋东南地方都是件很大的事情。

当年，我这个不满10岁的陵川少年，初在城里十字街一带见到他们后，眼睛瞪得比丸药还大。

当时，在我们的小世界风传：天津的知识青年是很厉害的，他们是要打群架的，什么链锁、三棱刮刀都有，长治"瓜皮"也打不过他们。

而街上见着的这群天津青年（分去陵川的知青全是天津的），统一鸡腿裤、气眼鞋、旋头，脸和牙齿都白。陵川这些"乡巴佬"，封闭在那样的山地小城里，真是要把他们当成异类待了。反过来说，他们这些大城市知青对于太行山的融入也是万分不容易，自古太行多苦寒啊。

申纪兰说："分到西沟一共是50多个，当然包括许国生他们那17个大学生。"

听说知青往各县分，有些就集结来找她说："纪兰同志，你把我们领来了，可又不管了。我们是要跟着你的。"

她就向他们解释："我哪能管了全地区呢？我只能管平顺，你们来就有政策。"

再有，他们若分到晋城、高平、阳城、长治郊区这些地方，各方面条件比平顺不知强多少。

申纪兰说："后来基本上都走了。"这轰轰烈烈的大事后半段，是西沟这50多个知青都由申纪兰管。

"开会呀，参加生产劳动呀，都是由我来安排、组织、分配任务。最后，没有一个出过问题。"

她对此十分满意。直到晚年，讲起这事来，她还多有自豪感。是，西沟一样不是世外桃源，她为他们操过多少心呀。

申纪兰说："他们也很辛苦呀，开始，也都上不了地，可就得上地锻炼，先把手磨出血、磨出茧来。说的是搞试验田呢，不知道的还以为是个啥，实际上试验田就是劳动。

"一开始，统一在食堂吃饭，相对还可以，劳动回来不用忙你这张嘴。可后来下放了，他们就得自己做饭，都不容易。

"咱西沟对他们都很好。只要有指标，就叫他们赶快走。他们都是一个人，没家没地，又都是小青年，怎能留在西沟过日子？留不住，都走了，有一个指标就走一个。"

像许国生、张淑兰这样在西沟成家是特殊的。

申纪兰说："平顺县到最后就留下两个知青。有一个女知青叫杨联，天津插队来的，后来到了县里，也成了家，当了妇联主任。她挺好的，有能力，和我走得也挺近。她退休后回天津安了个小家，我还去过。一间房，楼上楼下，搭了个铺子，太紧张了。她在这多好啊。"

2020年五六月，我和赵瑜老师对话申纪兰，这是为了给山西省的大型文化期刊《映像》写稿件。就在稿子快弄好时，我意识到，如果对话需要有一个专门题目，且只能把"与赵瑜对话申纪兰"作副题，那我就会选用"太行怀抱"这四字作题目。

我写传记或者人物报告文学，肯定不算多，但前后30余年里，这类创作，长、中、短篇各还有一些。就作品的成败得失，深入采访、田野调查，以及资料的搜集、爬梳、研究等都很重要，也都会在写作的推进中一一显现出来，但归根结底只有一条，就是作者与所写人物之间高尚的情感认同。换言之，没有心灵的共鸣，一般而言，创作很难产生欢乐的源泉。语词是流淌在心田的，但也是一个时间的浸淫与完成。如此，在这里，才能真切地感到"太行怀抱"了。

这些在西沟插队的知青，想来不是也这样吗？

"就这些个，他们中不少人，那是隔几年还来看一看。咱西沟待他们都不错。"申纪兰说。

像许国生就多次返回过西沟，还要帮着西沟做事情呢，在外他也把自己当个西沟人。

许凌云说："那时他们在晋剧院搞西沟人家饭店时，我爸就帮过他们不少，出了不少好主意。西沟村里有事，村支书张俊虎他们都来过家里，我爸当他们和亲人一样。"

新华社山西分社老社长马明，当年专门把自家闺女送到西沟插队，说孩子跟着李顺达、申纪兰能得到更好的锻炼。

申纪兰说："马明闺女叫马义华，她在咱这儿插队以后，往广东走了。"

2017年5月，在马明百年诞辰之前，马明的三个子女马晓雪、马义华、马正三人踏入郁郁葱葱的西沟村，沿着父亲的足迹，去探寻父亲一生信仰坚定、情系人民的精神源头。进入村口，支书王根考早早就等着他们。作为同年龄段的人，他一眼就认出了当年在村里插队的马义华，一见面，就感慨地说："那个时候，你们来西沟能够吃得了苦，真是不容易，村里的人都佩服你们。"

申纪兰早早就在家门口迎接他们。申纪兰被他们称为"纪兰姨姨"，一见面，申纪兰就说："你爸爸50年代就骑着骡子来西沟了，跟西沟特别有感情。以前每次去太原，我都要和老李一起去看你爸爸。"说起马明年前已去世，申纪兰哭了："你们为什么不告诉我一声？我一定要去见老马最后一面。"当年的副书记秦周则负责管理村里的知青。见到义华激动的问长问短。一起回忆当年的知青生活。他告诉马义华，当年义华在村里入党时，申纪兰说，正因为是马明的姑娘，一定要严格要求，严格考察。临别西沟时，马义华含泪拥抱申纪兰，在她耳边叮嘱："再见了，纪兰姨姨，您保重身体，我们会再来看望您的。"

几十年过去了，申纪兰作为新中国第一代劳模已经名满天下，她是第一至第十三届全国人大代表，新中国成立70周年又被授予全国最高的荣誉"共和国勋章"。马明如果在天有灵，一定会感到欣慰的。

这是老记者马明与西沟的故事。就老知青马义华，我还见过她的一张近照，所注文字即：

扎根西沟战天斗地，劳模精神吾辈传承。

太行情深

当年西沟知青多，下放干部也多。下放的干部里，又以文化人居多，作家、编辑、报人、记者都有。

最有名的无疑是马烽。赵树理和西沟则是一些短期交集，他主要在川底深入生活，也是在川底写成的名著《三里湾》。"川底的郭玉恩，也是个劳模，也了不起。"平顺当年四个全国劳模，另一个是武侯梨。如果问申纪兰，赵树理可有来过，她会告诉你："赵树理也来过西沟。赵树理可是个好作家，可他又不像个作家，戴着个火车头帽，天天下来搜集材料，听老百姓访古。"

在申纪兰眼里，马烽是"最高的作家"，还是一个"很好的领导"。她说："马烽在西沟住了两年半，他人很实在，是孝义人。"

对于马烽，在他最困难的时候，西沟乡亲帮助了他全家。马烽也多次讲"最想回西沟看看"。

马烽去西沟，是典型的"文化大革命"下放，一家人最初住在一个叫池底的小村，后来搬到西沟接待站的窑洞顶上。

申纪兰说："他和孙谦，一个来西沟，一个去大寨。有一段，孙谦也来了西沟，但住的时间不算长。马烽家老二炎炎后来是山大三院（省肿瘤医院）的大夫。"

马烽有四个孩子，在他下放时，老大马小泉已在西山矿务局当工人，老二马炎炎、老三马小林和最小的姑娘梦妮，则都在西沟上过学。据当年同来的知情者回忆，西沟学校是一所九年制学校，从小学到高中各个班都有。申纪兰特别提起老二马炎炎，这里有不一般的情况——马炎炎当时在西沟获得了推荐机会，去晋东南医专（现在的长治医学院）学习。马明的女儿马义华插队西沟，也是在西沟获得的推荐机会。申纪兰说："马明女儿走了广东。"像他们这样能获得推荐的知青在离开的时候，西沟还会开欢送会。

山西老一代女作家王樟生（青稞）也和西沟结下不解情缘。1960年初，她就在西沟常住，经过一年多的努力，编著了《西沟公社史》。而她下乡来完成此作，正是当时在省文联做领导工作的马烽交给她的任务：

我是1956年认识马烽同志的。那时山西省文联常举办"文学讲座"，请著名作家讲授有关文学创作问题。我刚从四川大学毕业分配到山西太原一所中专学校任语文教师，一次得到一张文学讲座的入场券，主讲人是马烽同志，我大喜过望，兴冲冲地从北郊的迎新街排长队挤公共汽车赶到东缉虎营的会场，听马烽同志讲座。他当时才30多岁，很精悍，讲话生动具体，给我留下深刻印象。听完讲话又填写征求意见表，我对这种文学活动很有兴趣，从此与省文联有了联系，第二年便调到了山西省文联主办的《火花》杂志编辑部当了编辑。同年，马烽同志的夫人段杏绵从北京调到省文联《火花》编辑部，我们成了同事。

1959年深秋时节，马烽同志去长治访问，并到全国著名农业劳动模范李顺达、申纪兰所在的平顺西沟村参观。平顺县委书记李琳同志陪同，他向马烽同志提出要求，请省文联派文学编辑到平顺西沟组织编写西沟公社史。当时全国兴起编写公社史、工矿史热，四川出版的公社史《绿树成荫》在当时特受读者欢迎与专家好评。西沟是著名的农业先进典型，理应编写一本书，于是马烽同志接受了此任务。他回到文联便与有关人员研究，最后决定派我去。马烽同志来到编辑部对我说："你下去后不仅自己要动手写，更主要的是要辅导培养当地只会写一般通讯材料的写作者，要求他们参加这个写作组后，写出具有文学色彩的纪实性文章。还不仅是平顺西沟的一个写作组，长治的惠丰和淮海两大工厂与石圪节煤矿有一个联合写作组，你也要去辅导，帮助他们定好选题以及辅导写作。长治离平顺较远，你会感到不方便，可以将两部分写作人员都集中到平顺西沟村，以便辅导。任务比较重，你看行不行？"我出身于国民党军官家庭，父亲去了台湾，有的人事干部对我有戒备之心，但马烽同志却不然，他极富有同情心，对身处逆境的同志从不歧视，令我感动。何况我对此次下乡工作很有兴趣，也有信心完成。

我于1960年初出发，乘火车到太谷，然后换长途汽车到长治，又换长途汽车抵达平顺县，再找地质队拉矿石的大卡车到西沟，路上颠簸了五六天才到达西沟。马烽同志担心我一个人不方便，便建议省文联再派一名联络处的女同志随后赶到西沟协助我工作。除了编书、辅导作者，我还要参加劳动，如上山下沟播种施肥之类，相当辛苦。那是"三年困难时期"，省文联与省人民出版社三次派人来看望我们。我知道都是马烽同志的建议与安排。一年以后，这项任务如期完成，稿件交由省人民出版社出版。

"文化大革命"期间，省文联的作家、编辑被"扫地出门"，经"学习班"批判审查后，统一下放到农村接受贫下中农的再教育。

王樟生由于与李顺达、申纪兰有这样的交往，就在马烽一家到西沟后不久，他们一家人也来了西沟。

就在马烽所住的西沟接待站窑洞顶上，两家成了近邻。"两家的孩子都在西沟学校上学。我们有时去爬山，有时下河滩到苹果园，秋雨后去松林采蘑菇，虽然物质生活艰苦，但空气新鲜，使得我们心旷神怡。"王樟生说。

申纪兰说："咱对待他们都是高层次的。他们都有文化，虽然说他们是下放来的，可我们很尊重他们，关心他们的生活。"她又语重心长地强调："一个都没有出事。"

的确，西沟庇护了他们。"李顺达特别能正确对待这些事情。像马明能把闺女送到咱这儿插队，马烽一家在这儿住了两年半。在他们走的时候，我们更是高高兴兴地欢送他们离开。确实说，咱西沟穷是穷，但不缺他们的工作，也不缺他们的事业，更不给他们出难题。我们就一个老主意，咱西沟困难也不让他们困难。我们也发挥了他们有文化的作用，我们开什么会都让他们参加、让他们列席。你要是不管他们，咱西沟就这个条件，他们想简单适应怕都很难。我们正确对待，他们走了以后对我们西沟没有一点反感。"

如前所述，马烽、孙谦、王樟生（青稞）、马明女儿实际上本身就特别，因此，西沟对其有特别的对待也可说是人之常情。

在此，就我的写作还应该有一个从点到面的观察。不管怎么说，这是在"文化大革命"期间。

申纪兰说："外面的干部来蹲点、改造，我们都是高高兴兴地按照党的政策欢迎他们。能给他们多少关怀就给他们多少，只要他们好，我们多在生活上帮助一些也是应该的。"另外应重视的还有思想情感，当然包括他们本身在政治上的进步。"在知识分子改造期间，我们对知识分子是尊重的。尽管我们也教育这些知识分子要虚心向农民学习，和农民打成一片，他们大多也做到了。还有表现很好的，有两个知青就是在西沟入的党。"

其中有一个叫王灿然，是《山西日报》的老报人，后来在山西新闻界也鼎鼎大名。20世纪80年代中，他就成了《山西日报》记群部主任记者、《山西日报通讯》主编。"他就是在这儿入的党。还有一个老康，是广播电台的，也是在这儿入了党。老康原来在省广播电台是搞照相的，他的照相技术好，当年我们西沟人苦战的不少镜头都是他拍的。老康在我们这儿待的时间最长。他技术好，可是很慢，轮上他照相了，大家就说：'哎呀，他可不顶，照不成个甚。'倒跟他惯了。我们苦战主要在冬天，天冷，他那么慢，大家就敢开他个玩笑。"

王灿然也有不少和西沟群众打成一片的故事。他在西沟的头两年，主要跟着羊倌在山上放羊，或者在西沟青年水库参加劳动。李顺达、申纪兰要充分发挥知识分子在西沟的作用，就让他们这些来自省直文化单位的插队干部组成了一个西沟创作组，"写西沟的村史和反映西沟建设、发展的文学剧本"，由此也"使他们摆脱了繁重的体力劳动"。王灿然也是一个富有爱心的人，在接受贫下中农再教育的同时，看到了村里有一些村民长年不理发，就到平顺县城去专门买了一套理发工具，春节、农闲的时候挨门逐户地给村民们理发。

他和西沟就这样建立起深厚感情。

王元，王灿然之子，山西省总工会机关干部，第五党支部组织委员、纪检委员，曾在《山西工人报》发表了一篇题为"与全国劳模李顺达、申纪兰为邻的日子"的文章，回忆了他们插队落户西沟的情况，是为当年见证，现摘录一二：

1970年，我们全家随父亲插队落户平顺西沟。我们在此生活了三年。李顺达、申纪兰的家，离我们的住处都很近，我经常和他们的孩子们一起玩耍。

李顺达、申纪兰都很关心插队落户干部及家属的生活。

父亲去西沟的第二个月，我和母亲带着出生仅4个月的妹妹也去了西沟。当时父亲所住的农家，只有一盘土炕，10平方米大。知道我们去后，申纪兰立即把我们一家人安排到另一户农民家，并嘱托房东要多关照我们。

我当时8岁，上小学二年级，正好被分到房东的孩子张安和所在的班上，李顺达的小儿子李建平比我低一级。

当时，西沟漫山遍野的松树、苹果树和梨树，山上时有野狼出没。我住的地方离学校5公里，为了我的安全，张安和、李建平等同学每天叫我一道上下学。学校的老师讲的是平顺话，我一句也听不懂，是张安和教我学西沟话，使我很快融入同学中间。

1993年，申纪兰在省职工活动中心碰到我，还关心地问我："典礼（西沟人将结婚说成典礼）了没有？"我告诉她典礼了，爱人是李顺达的女儿李秋娥介绍的。她欣慰地表示了祝贺。

申纪兰还十分关心我们这些插队落户干部孩子的学习和业余生活。

申纪兰特地嘱咐学校领导，让我们这些城里来的孩子加入学校的毛泽东思想宣传队。我和著名作家马烽的孩子（马小林、梦妮）就加入了学校宣传队，我们白天在学校上课，晚上排练节目，还经常有演出。

我们虽然远离了繁华的省城，但是在这里，我们生活得很充实，丝毫没有孤独感。

那时我也经常到申纪兰家中玩，我发现她的家和普通农民家没有区别，一个土炕、几个大木头箱子，唯一的区别是她家墙上挂满了她与党和国家领导人的合影，还有奖状、锦旗。她总是穿着粗布衣服，脖子上围着条白毛巾，吃的是红面大疙瘩、小米粥，就的咸菜。

大寨，大寨

从20世纪60年代初，西沟与大寨就互相参观、学习。

1963年，陈永贵到西沟，很虚心地向李顺达、申纪兰学习。那次到平顺，陈永贵在参观了西沟后还参观了羊井底和川底。陈永贵对羊井底武侯梨的绿化搞得好有很深的印象，说："羊井底像孙悟空的花果山。"这话透出几分山西农民的幽默、风趣。这也是陈永贵和李顺达、申纪兰的共同点，形象思维能力强、乐观、向上。

同在 1963 年，李顺达亦组织平顺劳模到大寨参观、学习。

这一年对于大寨就是个特殊年景，他们虽遭受了严重的自然灾害，但能依靠"自力更生，艰苦奋斗"，"不要国家救济，不要国家帮助"，渡过难关。

申纪兰说："就是学大寨的精神，我们倒干起来了，深翻土地、先治坡后治窝呀。那会儿毛主席提出'工业学大庆，农业学大寨'，大庆是王铁人，大寨是陈永贵。"

李顺达率平顺劳模团到大寨参观，大寨人无比热情地欢迎他们，陈永贵还把自家的屋子腾出来让平顺客人住。

这之后，申纪兰又带着西沟队长以上干部到大寨去学习、参观。这也是政治任务，甚至是要在全国人民中形成带动。"农业学大寨"，西沟是榜样。"我们一下去了三个汽车的人。"倒有了一定规模。

陈永贵带着他们参观大寨梯田、虎头山、狼窝掌。

申纪兰说："大寨人就在地里吃饭。李顺达说了，我们也应该像大寨那样，到地里吃饭。'纪兰同志，我到地里，你也得到地里，这就带头了。'李顺达可认真呢，就这一点还认真学大寨，就不要说其他了。李顺达开会时说：'纪兰，你去大寨瞧瞧去，带上你那些队长。'从大寨回来，我们就开始深翻土地，一早一晚在地里，两头见星星。"

深翻土地，当时也称"建设大寨田、海绵田"。李顺达对大寨人深翻土地印象深刻，他们锄地不用锄头，而用镢头来刨。陈永贵告诉他们，这叫"深翻、深种、深刨"，这样，地能蓄住天上水，尤其是"对我们这种干旱土地有好处"。

深翻土地，大寨标准是一尺二。像以前，西沟人种地，一镢头下去也就是五六寸，怎么能到一尺二深呢？这就是套镢头，"套一套不行，就套两套"。

申纪兰说："后来标准达到了，可是进度上不来，一个好劳力一天翻不了 ·分地。要是每人一天翻不了二分地，上冻前地就翻不完。"这自然会影响到来年春种。"后来，我们有个民兵营长创造了一天翻二分地的纪录。我们就推广他的做法，在沙地栈组织民兵搞实验：早起天不明就走，晚上见星星再回家，每天两顿饭往地里送。"

为了这一天深翻二分地的任务，"好多人把镢头都弄断了"。

"当时大寨亩产已达到700斤，西沟山石地贫瘠，奋斗500斤'过黄河'，并提出'石头上种地过长江'和'学习大寨，赶大寨，大寨红花遍地开'。"

山西省历史学家常利兵博士于2019年出版了文化社会学专著《西沟：一个晋东南典型乡村的革命、生产及历史记忆（1943—1983）》。书中就这段历史有比较深刻的描述，现摘录一二：

直至现在，在人们的一般印象中，大都认为"农业学大寨"的口号是毛泽东在1964年5月直接提出的，所以，从一开始，曾经在很大程度上影响了中国农村现代化历史进程的五个字即被赋予了极高的地位，甚至成了一种"学习权威"……近年来，不断有人对毛泽东提出了"农业学大寨"这一说法提出质疑。例如，新华社原记者冯东书查阅了中共中央办公厅所有文稿，不曾发现毛泽东亲笔题写的"农业学大寨"五个字，也未曾说过这样的话。另据资料记载，毛泽东首次提及"大寨"一词是在1964年5

月10日、11日召开的国家计委领导小组汇报第三个五年计划设想的座谈会上。在此次座谈会上，毛泽东以插话的形式分别对工业、农业、交通运输、财政等方面发表了自己的意见。当议论到建设四五亿亩稳产高产农田，有同志提到要在16亿亩基础上时，毛泽东说：要注意种好16亿亩，在这个基础上建设4亿多亩稳产高产农田。要点面结合，很对。要自力更生，要像大寨那样，它也不借国家的钱，也不向国家要东西。

其实，在此次座谈会之前，遵照周恩来总理的指示，已由农业部部长廖鲁言带队于同年4月21日专程到大寨村进行了为期21天的调查。调查的主要内容即是大寨自力更生建设稳产高产农田的具体办法、措施和物质技术条件等方面的具体情况，并写出了长篇的《大寨大队调查报告》。可以说，这篇调查报告在"农业学大寨"的兴起过程中起到了至关重要的作用……

从《大寨大队调查报告》的内容来看，主要有八个部分组成，分别为："党的政策在大寨开了花，人民公社棒打不散"；"旱涝保收，稳产高产的大寨田"；"加工改造耕地，蓄水保墙，抗旱防涝"；"在土地加工改造的基础上，综合实施'八字宪法'"；"自力更生，苦干实干"；"大寨干部，大寨人，大寨田"；"大寨大队在经营管理方面的新经验"；"保证大寨这面红旗越举越高"。如果说由农业部部长廖鲁言带头的调查组从人员方面给予了该调查报告以权威的地位的话，那么，我们从调查报告的具体内容中则可以明显地看出昔阳县、晋中专署、山西省、中央等各级政府极力推广大寨经验的意图。在此试举几例：

"大寨大队的800亩耕地，经过加工改造，产量直线上升。1963年，遭到特大暴雨，山洪暴发，地基冲毁，颗粒无收的耕地180亩（占耕地的1/5以上），粮食总产量仍有42万斤，按有收成的面积平均，亩产仍在700斤以上。1963年还交了公粮24万斤，占总产量的57%：平均每人出售660多斤，每人还留口粮380斤（再次核实，每人留口粮400斤——中共山西省委办公厅注）。"

"大寨是自力更生建设旱涝保收、稳产高产农田的典型。"

"总之，学赶大寨，必须是思想领先，政治挂帅，使干部和群众革命化。有了大寨式的干部、大寨式的人，才能够自力更生地建设起大寨式的稳产高产农田。"

"我们同省、专、县、社、大队和生产队各级干部，共同讨论了怎样保证大寨这面红旗越举越高的问题。首先要进一步发展生产，尤其要注意农林牧副的全面发展。切实注意保护红旗单位，不要把红旗单位压垮。"

"大寨是全国农业战线的一面旗帜。要大寨大队和各级领导机关、有关部门，上下共同努力，使这面红旗越来越红，越举越高。"

到1964年12月底，周恩来在第三届全国人民代表大会第一次会议上的《政府工作报告》中也对大寨经验给予了很高的评价和推广。他指出："山西省昔阳县大寨公社的大寨大队，是一个依靠人民公社集体力量，自力更生地进行农业建设、发展农业生产的先进典型。1963年虽然遭到了很大的水灾，但是亩产仍然保持在700斤以上。他们正确地处理了集体和国家的关系，他们只向国家借过一次钱，第二年就还了，大寨大队所坚持的政治挂帅、思想领先的原则，自力更生、艰苦奋斗的精神，爱国爱集体的共产主义风格，都是值得大大提倡的。"显然，在廖鲁言等人赴大寨调查之后不久，《大寨大队调查报告》的具体内容已经成为国家领导人推崇大寨典型的重要依据。

不过，就国家领导人毛泽东、周恩来以及农业部领导廖鲁言等人对大寨的重视而言，其实还有一个客观的历史背景需要注意，那就是"三年困难时期"广大农村遭受的巨大损失，及由此在人们心里所留下的难以抚平的失落感和创伤感。到 1964 年，全国人民已经逐渐从饥荒和恐惧中恢复元气，社会形势和生产情绪也开始有所好转，但是仅仅依靠运动的形式进行政治上的思想教育似乎仍显不够；同时也应该在经济生产上考虑如何以实实在在的可见利益去体现社会主义道路和人民公社制度的优越性。由此，原本并不为人们所关注的大寨和他的领导人陈永贵获得了一次曾经在十多年的时间支配数亿中国农民命运的历史契机。也许是一种历史的巧合，1963 年大寨遭受了百年不遇的特大洪灾，就像新中国在"三年困难时期"曾一度陷入困境一样，但是大寨却能在罕见的灾难面前不被压倒，能够做到"自力更生、旱涝保收、稳产高产"的程度，这无疑为国家及时扭转不利的局面提供了重要经验，它满足了国家进一步发展的需求。这可能也是"农业学大寨"真正能够风行起来的一个结构性动因，即使没有大寨的出现，可能还会有另外的村庄典型被推上历史的舞台。

如果把 1963 年陈永贵首次参加山西省一级劳模大会作为他出名的时间的话，那么，李顺达早在抗战初期的 1938 年即加入了中国共产党，因带头组织西沟农民减租减息而闻名于太行革命根据地了。两者出名相差至少 25 年的时间……

而西沟村的李顺达和申纪兰作为全国著名的劳动模范，依旧像往年一样也参加了此次劳模大会。不过，令这两位与新中国一起成长起来的劳模有点吃惊的是，大会上陈永贵对大寨村生产、管理等情况的介绍吸引了他们的注意力，也许是出于对生产发展的敏感和建设山区的责任感，至此，李顺达和他的西沟村的命运开始与陈永贵和他的大寨村关联在了一起。

　　赵瑜在长篇报告文学作品《但悲不见九州同》中，也记载了1963年劳模会上李顺达与陈永贵结识的这一段故事，其中清晰地反映了西沟在全国掀起"农业学大寨"高潮之前即开始积极主动地学习大寨经验的经过：

　　李顺达说："我认识陈永贵同志是在1963年，那年，山西省召开劳模会，我听了老陈的一次介绍，他们大队1963年亩产达到700多斤。产量这么高，我听了又高兴又吃惊，后来我就和老陈座谈。开完座谈会，我就和纪兰说，咱们可得好好向老陈学习哩！我问老陈："你们那个地方，是个什么地方，为什么就打那么多粮？"老陈说："啊呀李老师，你不要客气啦，你是在太行山中间，我在太行山尾上，咱们都在太行山。大寨的经验，老实说是从西沟学来的，你是我的老师。"我说："我这个老师赶不上你这个学生了，我得向你请教请教！"老陈说："欢迎欢迎！"那时正是下种的时候，我想了想，去大寨一趟弄不好要耽搁下种，一年之计在于春，就说："我要赶快回去抓下种，种完地再去你大寨。"
　　"回来西沟，抓紧下种，下完种，我就组织人去了。老陈一见我，非常热情，觉得把我安排在哪儿好呢？干脆，把家腾开让我住在他家，他领上我到地里去，给了我个很深的印象，咱锄地是用锄吧，大寨是用镢刨呢。我开始很奇怪，就问老陈，他说人家全县都是这样，叫深翻、深刨、深种。我去的时候，人家正在深锄，我详详细细地看了他的动作。老陈给我介绍的经验，第一条就是毛泽东思想伟大红旗举得高，突出无产阶级政治，用政治统帅一切，抓住这个根本，其他就好办。他们办事情是支部先拿出方案来，然后再社员讨论，修改以后，任何人不能改变。你只能去克服困难，解决问题，理解不理解都要执行，非常坚决。我回来后，又让纪兰带上队以上的干部去参观学习。有人看了回来，觉得西沟是老先进，比大寨有好多先进的地方，还有人觉得咱这儿和大寨的山山水水不一样，咱石头太多，我说这样不谦虚还行？咱就样样好？就样样对？后来报纸上宣传大寨就越来越多了。通过看报、听广播，同志们才都知道，大寨是毛主席树立起来的榜样，学不学大寨是听不听毛主席的话的大问题，是紧跟不紧跟毛主席伟大战略部署的大问题。我们就组织全部劳力深翻土地，男女老少一齐上阵，开始一天只能翻七八厘，还翻不上一分，一算账，等到上冻也翻不了多少！咋办？亏是民兵副营长郝起法创造了新纪录，他一天就翻了二分。我们就传播他的经验，乡亲们不相信，一天就能翻二分？我组织了民兵骨干，亲自带领大家突击，民兵班十几个人，翻了几天，一天两头见星星，一天两送饭，这样人均每天可以翻二分，给大家做了榜样。大家士气上来了，进度也快了，咱那儿石头多，土不深，有的把镢把都戳断了，断了，重换新换粗的，再翻，翻一尺二……"

前后情况，与申纪兰的"口述"完全吻合。

而就后来的一般采访，我们这些访问者多会问及郭凤莲是否来过西沟，特别是她俩之间的情况，大家多有兴趣。

当然，郭凤莲不只早年间来过西沟，后来还几次专门来看申纪兰。

"郭凤莲也是个实干家。她比我小，在北京开会时，她一直招呼我。有一次她来西沟瞧我，还带了大寨织的线毯和羊毛衫。她是个细心人，亲自上炕，把线毯给我铺换上。"

受太多的政治因素影响，亦不排除多种干扰，她俩还能结下那么深厚的友谊，弥足珍贵。

郭凤莲的话

　　郭凤莲曾在2014年间接受社会学家的调查时有过一个口述实录，谈了不少东西，如关于申纪兰，就有大段讲述。为便于了解她们间的姐妹友情，我对郭凤莲的话做了些整理：

　　我认识申大姐是1964年，那是陈永贵同志特地邀请李顺达书记跟申大姐来大寨作报告。我记着她梳着很长两条辫子，穿枣红色底灰白花衣裳。那时候一听说申纪兰跟李顺达，（总感觉）非常神秘。他们第一天来，在大寨还住了一晚上。

　　当时公共食堂已经解散了。为了能招呼好他们，陈永贵同志特地找来村里两个厨师给他们做了年糕。吃年糕是很稀罕的。

　　他俩在一个比较大的院子里给我们作报告。我们这些姑娘们就坐在门口听。李顺达书记讲西沟的变化，怎么办互助组、怎么办合作社，现在的西沟人民在荒山植树；然后申大姐上去，还先讲了讲她到苏联访问的事，说一块儿去的有郭兰英，好像还有田华。后来咱才知道，是电影演员田华。

　　1969年搞新中国成立20周年大庆，我跟申大姐还有刘胡兰的母亲胡文秀等一群劳模，被邀请到中南海，在那儿住了一个星期。

　　我们住的是通铺，我是挨着申大姐睡觉的，我俩的距离一下就拉近了。平时参加活动，我俩都是手拉着手出席呢。

这批劳模代表，全国大概有六七十人。我们也算是周总理请到身边的客人，我们每一个劳模代表要在国务院小礼堂用40分钟介绍各自的情况。我记得特别清楚，我是第三个发言，申大姐是第二天发言。当时，国务院的总理、副总理，还有机关的领导们，都坐在台底下来听，邓颖超大姐也来了。

赶到国庆那一天，我们这些代表们早早地上了天安门城楼，去等毛主席跟中央领导上到城楼上来观礼。那是非常荣幸的一次，这时我跟大姐也一直挨在一起。

后来，不管有多少次接触，我们姊妹俩一老一小是越来越近，而且见面次数也是越来越频繁。大姐像我一个亲大姐，我像她一个亲姊妹，她见了我就叫"小妹妹、小妹妹"，两人无话不说，什么事也要交谈交谈，比如咱们该怎么做、咱们该怎么说、咱们今天发言不。

申大姐这个人既和蔼又诚实、忠厚、朴素，大姐对党、对人民的这份情，我认为任何人都代替不了。

一提到共产党，一提到毛主席、周总理或者其他老一辈革命领袖，她的泪就流出来了。可以说，结下了一种深深的恩情。

我比大姐小17岁。从她身上，我学了很多东西。

我也是经历很多风波的，在我艰难、坎坷的时候，大姐对很多人都说："凤莲绝对是个好人。郭凤莲对党、对人民有深厚的感情。无论走到哪里，她都不会给共产党丢人。"

大姐艰苦的作风始终不变。一直到后来，她都认为，咱社会上的穷人还是很多的，我们不能够大吃大喝、铺张浪费。

大姐一辈子就是吃素哩，有窝窝头她就拿窝窝头，没有窝窝头了就拿个馒头，吃得很简单。她这特点我也都了解了。

有人说，到现在她还是那一身服装，白衬衣，蓝衣服，可这就是申纪兰的本色，这就是大姐最得体的农民的形象。

我认为，大姐保持得非常好。

印象很深的一次，是胡富国书记在任的时候，他邀请我们劳模去参观偏关引黄水利工程。我跟大姐那天晚上也是睡在一起。老姊妹们坐在那儿，把这根烟抽完，我说："大姐咱睡哇，今天晚上不要再洗澡了，这天太冷，看给感冒了。"睡下以后呢，我说："大姐，咱把衣裳盖在咱这被子上面吧，要不然冷呢。"我就把她脱了的棉裤，给她搭了上去。可这一搭，我心里就难过了，那棉裤里面是东一块、西一块的，棉花多是已滚在了一起。

我没有跟大姐说啊，你离得我太远了，你要离我近点，我会针线活儿，我给你好好絮条棉裤。

回来以后，正好那段时间大寨办起了羊毛衫厂，搞牛毛绒纺织，我就给大姐特地做了一条牛绒裤，厚厚的。这是一套，还有一件上衣，但是大姐鉴别不了哪一种东西好与不好，我还悄悄地跟她说："大姐，你穿上这，就不要穿那条棉裤了，这能保护你的腿，它是牛绒。"

就那次去了西沟以后，她还引我看了她的伙房。这我心里头就又不高兴了：大姐老了，现在是需要有个人来伺候，她一天见人多、事又多，自己也做不了个饭，这伙房里看着就是方便面多，这人老了吃方便面对身体很不好。

回来后，我就跟省妇联主任梁豫秦说："豫秦大姐，你给平顺县打个招呼，给大姐在身边用上个人。"

后来梁豫秦还真给平顺县妇联主任打了招呼，说给雇个人。但是大姐还是不愿意用人，她说：用上人还不如我哩。

最近几次开会，我也跟大姐不断地交流，提些建议。

我说："大姐，今天要你讲话了，你构思构思今天讲什么。"

她耳朵有点儿聋了，听不太见，她有什么就问我："凤莲，他们说甚了呀？"我就说要你讲话或者什么。

人耳朵听不见，很容易瞌睡、打盹。近两三年来我发现了她这毛病，我就把她捏醒，捏捏她的腿，或者捅她一下，尤其是有些领导们在跟前，我害怕照出来相什么不太好。

其实，大姐的心里特别清楚，无论是你中央领导或者是部委领导讲什么，在她心里来说，一个内容——离不开党的政策，离不开人民群众。不管你讲了多少，大姐知道了，都会理解得那么快，那么完整，那么深刻。老太太说话，从来滴水不漏，现在你去采访她，或者是她上了年岁了，还和十年前你采访她一个模样，没有变。她就是有那种气质，很有逻辑性。

我就发现，这才是我们心中真正的偶像，影响了我们几代人的一个人物。

不管是李顺达书记也好，陈永贵书记也好，还是申大姐也好，他们都是从实践中总结出来的，自己干了以后，心中就有数了的。

跟中央的政策一对接，话就出来了，能够构成一种思维，很不简单，很不容易。他们说出来没有废话，一句也都没有，而且出口成章。

现在，我们虽说年纪都大了，可是作为代表参加大会，我们姊妹俩还是会手拉手走进会场。大姐因为走得比较快，别人还追不上她。我呢，一般也能。两人都是农民，两条好腿，所以大姐走哪儿都说："小妹，咱俩相跟上进。"

我俩在一起，我也问大姐，今年旱呀不旱？她都要问我：凤莲，大寨今年收成怎么样？她始终问农村情况，问宋立英同志好哇，陈永贵好哇，所有的熟人她都要问个遍。

后来大姐又来过大寨好几次。一次是村长论坛会，大姐给我们几个颁了奖。

赶到陈永贵过世十周年的时候，大姐也专程从西沟过来。

她就愿意来大寨走走，总是结成了这种老感情。无论社会上怎么说西沟跟大寨怎么怎么样，我感到这都不是根本，根本的是农民的一种情谊，天下农民是一家。

这里是咱的沃土，我郭凤莲与申纪兰都是从这群人里边长大的，而且是在这片土地上成长的，这个情结始终都了不了。

畅言当年"农业学大寨"运动，申纪兰直到晚年仍不能释怀的还是当初李顺达受批判。

申纪兰说："从李顺达、从西沟来说，我们是真心学大寨的。李顺达不会说假话，从来也是实实在在地说话。他们说他'反大寨'，以我的了解，这只能是空中捏造。无缘无故地，就把李顺达和陈永贵分开了。"

中篇

独一无二的省妇联主席

申纪兰于1973—1983年任山西省妇联主席，从开始有宣传就基本上是讲她当这个主席的特殊性——"不转户口，不定级别，不领工资，不坐专车"等。当然，这些肯定都是对的。

"当时，我在地里劳动呢，县委组织部来了一个人，把一个信封交给我。我一看，是省委组织部来的，里面是一张通知，让我去参加省妇联筹备会，当山西省妇联筹备委员会主任。

"调令下来以后，我就没有走。当时李顺达已经到太原工作了，我就和我们一个副支书张俊虎说：'这么大的干部，我当不了。'俊虎说：'党叫干甚就干甚，还能一辈子守在咱西沟？'后来省妇联要开会了，说怎么还不来呢？这又打来了电话，只是催我，让我赶紧去。"

当年平顺的县委书记是李振华（后来做了副省长），他把申纪兰叫到县上开了个座谈会，说："纪兰同志，这是调令来了，你经常说'听党话，跟党走'，这是党的通知，现在又打电话来了，催你赶快去，你是共产党员，要下级服从上级。"

申纪兰说："我就什么也不提了，当不了也得走，就是叫往西藏走，也得走，你是党员。上午开了会，下午我就到省里报到了。"

人们总以为她在省里就没什么事儿，如"申纪兰被任命为山西省妇女联合会筹备委员会主任。这是申纪兰和所有西沟人做梦也没想到的。申纪兰不知所措，但她没有退路，准备了简单的行李，离开西沟，赶往太原来上任。到任后，她又很难进入这一主任角色。她不习惯坐沙发，不习惯坐办公桌后面的大椅子。每天打开办公室门，总有走错了地方的感觉。几个月后，省妇联正式成立，申纪兰被代表们选为省妇联主席。省妇联日常性事务都有分工，几个副主任各管一头，抓全面工作的申纪兰，除了偶尔参加会议，在文件上签字、画圈之外，几乎没有别的事情。她闲得发慌。于是她就找事情来做"。

其实呢，她是"心里老担着事，想着西沟"，惶惶的。上述情况，也有它的真实性："去了以后，妇联已经给我准备了一个家，就是办公室，里面有办公桌、沙发、木椅子，还有电话和放文件的柜子。我就不习惯，每天坐在里边，不知道该干甚。"实打实呢，却是和妇联同志们的一种相互间接受及融入。当然，对她来说，融入不容易，好的是这里有黎颖大姐这样的老妇联主席，从20世纪50年代初中期就和申纪兰建立起很深的姊妹情谊。"妇联的同志多在西沟蹲过点，她们下乡也常来西沟，全国妇联的同志还来西沟下过乡。"

"到了省里头，我就和同志们说'我是个农民，当领导的事，干不了'。黎颖大姐她们说'你受了那么多苦，受了那么多罪，有那种精神，到这儿，大伙儿都帮你，你肯定干得了'。我说'你们帮助我，可我文化低，还是有差距，不像你们这些老领导，工作经验多'。我越是这么说，她们越说'你不要谦虚，你干就行，你有那份苦，到这也能干。这又用不着你写材料，这个有秘书'。我说'有秘书，也得自己有政治头脑呢'。"

过了一段时间，亦可说是相对融洽之后吧，妇联的几个副主席又和她说："申主任，你在妇联坐着，我们心里就踏实，我们都愿意和你共事。你在这里，跟我们的朋友一样，也从不指手画脚，每件事都问得清清楚楚。跟你在一起，我们很轻松。"

申纪兰说："她几个主要想和我说的，一个是你不要走呀，一个是你回去可不能不来呀。你瞧，妇联的同志多好。"

是客气吧？当然了。但是，我们不妨回想一下，他们所处的这个时代，像这些老干部更是惊弓之鸟。所以，申纪兰说："到了有一段时间，领导也很关心我，觉着是个好场面，先就干上两天再说吧。"

对呀，是要用她这个在全国最有影响力的女劳模来撑场面。因此，省里用西沟申纪兰来当这个妇联筹备委员会主任，同时又用了大寨老一代女劳模宋立英来当副主任。

宋立英说："告诉你们，申纪兰，我还和她做了十年伴呢。山西省妇联，她是主席，我是副主席，从 1973 年到 1983 年。我比她小一岁，她属蛇，我属马。开会的时候，别人问她多大了，她就说，'老宋几岁，我几岁'。弄得我一直以为我俩同岁，她也不问我属甚。后来凤莲一次开会回来，才说'申大姐比你大一岁，属蛇'。"

"我在妇联没有办过公，就是开会了去，开完会回来。住宾馆，要么和申纪兰住一个家。她是开会就开会，晚上跟她在一起哩，有时她就不在，她跑了，出去呢。她是可能走哩。我不好出去，我俩也就在一起的不多。"宋立英说。

"我俩在时，妇联还有高首先，她是真正的副主任。她说'主任开会才来，不开会不来'。日常工作，都由高首先负责。另外，还有石佩英、老韩，也都是老主任。原来呢，那还有黎颖、曹馨仪、申显云，后来都没有联系了。"

的确，老主席还是比较多的，如除她们这几个外，申纪兰还提到一个姓王的副手和她联系得更多。

"人家说'三个女人一台戏'，咱这省妇联呢，哎呀，那是有过多少有本事的老主席？"

当然，还有两个"超级老农民"。宋立英的精为、能干也是十分出名的。说郭凤莲有大本事，那还应该说她至少有一部分是从宋立英身上学的，如人泼辣、反应快和说话有意思、有水平等。当年，有太多的社会公众生活，她们这特殊的老农也会遇到一些特殊的问题。

宋立英说："申纪兰也还认字，都是这朴朴素素的。到了发言，都没有拿稿。你要有稿，照着念，话也说不长。再说了，咱这老农民，也看不上个稿，你要是看稿了，有一个字卡住你，就说不来了。

"不知道是哪一年来，有次在榆次开会，人家让我发言，说就这么大张纸，你照住念下来就行。开始，我还念上来了，可有一个字卡住了，念不上来了，出了丑。那回我是跟郭凤莲一起去的。底下的人可多哩。我卡住不说话了，底下的人还以为这是喇叭坏了、喇叭不响了，我是说不上来了。后头，郭凤莲才给我圆了场。就是从那回起，我死活也不敢拿稿念了。

"你看大寨这些，这一段说甚，那一段说甚，不拿稿就没有限制。这样，我说了一辈子。

"申纪兰也是，她也不拿稿，翻来覆去都是那些，咱就是听党话，跟党走啥的。"

而这已经不仅仅是中国农民式的风趣和幽默了，是大智慧。

我们听宋立英怎么讲陈永贵和李顺达的，她说："两个劳模，前头很好，李顺达是来了两回。后头不知道是咋的，也可能是陈永贵去了北京。"

郭凤莲跷起大拇指夸申纪兰出口成章，宋立英这大寨老前辈不也一样吗？一句"也可能是陈永贵去了北京了"有多少层意思呀。

假如问申纪兰，李顺达是不是去过大寨两次，那她会回答："三次也不止。"

局面自然也不是后来她们讲的这样和气一团，实际上有不少人就追问：申纪兰当这个省妇联主席，除全国劳动模范、全国人大代表这些光环外，是不是还有更加复杂的历史原因？

对此，作家赵瑜有鞭辟入里的分析："她到省里工作这一段，从别人看，那就是一个女劳模来当妇联主席。其实呢，当时省里两大派斗争很尖锐，以格平、陈永贵为一派，一般称'红字号'；另以分裂后的军队派，多以省军区张日清和北京军区、六十九军组成的力量为一派，一般称'联字号'，李顺达就属于这其中的一个代表人物。从1971年4月起，省军区司令员谢振华将军任山西省委第一书记、省革委会主任，中央要他解决山西的派性问题，但谢将军因曾是六十九军军长，1967年4月已是山西'支左'领导小组组长、省革委会副主任，也就站在了后面这一派的观点立场上。在决定省里由谁来做省妇联主席时，他们把申纪兰调了来，摆在台前面。当时重启团省委，也差不多是这种情况。这些，她心里很清楚，不然，她为什么心里慌慌的呢？从根本上，她就不要这些东西。"

"文化大革命"时，别人上省城叫她同行，她说："你们外出抓革命，我留在家里促生产吧。"可这也并不说明她政治头脑有多清醒。实际上，申纪兰对土地之外的事情，主要还是缺乏应有的兴趣和足够的信心。她说："那里不是咱伸胳膊蹬腿的地方。"

我以前就曾这样写道。所以，赵瑜说："在全国，大寨那么红，人家郭凤莲不能来做这个省妇联主席？"郭凤莲当时是省革委会副主任，只是因工作时间较短，人们大多记不住了。而对申纪兰来说呢？"这不明摆着的一个政治漩涡吗？再说了，这也是一个大好事呀，你成了主席了，至少在外人看是这样。"

矛盾纠织在这里。"你说，老申她难不难？一个劳动模范，忽然当这么大个干部，头疼不头疼？劳动模范就是要劳动嘛，劳动模范不能离开土地呀。她并不能做到得心应手，更不是心甘情愿，她是没有办法。怎么办呀，咱就扫马路、扫楼道吧。"

山西省人大常委会原主任卢功勋说："'文化大革命'后期，申纪兰当了妇联主任。我了解她，每天去了没做的，上班不会写，反正她不懂机关上的事，每天打水、打扫卫生。她跟我说：'我想回呀。我不想在这，我回去劳动多痛快。'"

到1973年，申纪兰已是四十四五的人了，从20世纪50年代初第一次走出西沟开始，已有20年的政治历练，加上她本身聪慧能干，对妇女工作并不陌生。"她不只是参加过世界妇女大会，国家最大的场面，如上天安门观礼，和毛泽东握手，给毛泽东投票，做周恩来的客人，都是多大的荣誉，规格太高了。如此一个人，这个省妇联主席真就上不了手？"

她有这样的表现，显然是不愿意陷入省里的派性斗争。具体说她有文化没文化，长征过来的女将军还有大字不识的呢。

退，则为她的根本选择。她也是这样的人。在那样的情况下，就是能做到不越雷池半步，怕是也不行，只要实际参与工作我恐怕就会有矛盾。

我以前写她，在这一点上认为李顺达是她背后的高人，对她多有指点，现在看来还在于她自我意识的强化，事情如违本心，她就不会去做。

她的光明磊落，还表现在一生中从不做政治交易。这点很难得。

赵瑜说："也因为此，当年她就能和郭凤莲、宋立英等人处好关系。

"我们从正面说，她是农民本质，但是农民当干部的多了，李顺达就当了呀，是正儿八经的省人大常委会副主任。那么她也能当，但是她为什么惶惶然非要回去呢？还是这个斗争太激烈，她要回去。"

后来有人和她对话，说如果那时她当了妇联主席，不回西沟，是不是有可能当副省长？

申纪兰说："我要不回来，当不上副省长吧，也还能到人大当两天副主任。"讲得很诚实。

1977年，我来到山西迎泽宾馆后，经常见到陈永贵回来，且常常是由王谦书记陪着。那时，省里的各个厅局差不多都有一名昔阳干部当副手，还是又掌控经济，又管干部。

赵瑜说："虽说在她前面有李顺达这块挡箭牌，但这么一个十年，能不出差池，毫发无损，实际很难做到。"

所以，她天天给大家打水，把每个人的暖瓶都灌得满满的，中国劳动妇女解放了的代表继续在此劳动。

对这一段历史，她的回忆最清晰："正式当了主任，我也不知道该怎么干，我就把工作都交给副主任，叫她们各把一头。开会我也不知道说啥，能不说话就不说话。我是实在不习惯机关的那个环境。"

还把人憋屈坏了。对她来说，给村子里捉些猪娃子、买回来几头骡子才是最高兴的。

这期间，平顺有两个人来太原看她：一个是老县委书记李琳，一个是西沟老党员张章存，都挺有代表性。李琳来看她时，她哭了。张章存说她脸肿了，情绪低落，问她是不是生病了，她说她还是不习惯这里的工作。

十年省妇联主席，在省城这边，给她留下深刻印象的事竟然是一次到任村剪枝。

"有一次，省委王大任书记说，太原任村的苹果树结不了苹果，叫我去看看。我一听，就和王书记一块儿到了任村。下果园一看，不是果树不能结苹果，而是果树剪枝不好，长荒了。我就给他们示范剪枝，一个下午，把任村的果树剪得差不多了。"

干地里的活儿，她是行家里手。坐机关，让她受不了。申纪兰也只能多干别的了。"我每天上班就先打扫办公室，再打扫院子，打扫以后，洒上水。打开水的活儿，我也包了，我把暖瓶都打上开水。再就是打扫厕所。还有在食堂吃完饭，我就帮着大师傅洗涮洗涮。每天做这些事，别人倒对我有意见了，说我这个主任天天就是打扫卫生，连打扫卫生的都对我有意见。"

"我早早起来都收拾好了，我又没有家庭生活，就住在那个地方，就都办了。"

这可以说是她在机关里的形象。接下来，再深入，吃饭呢？

"有一段，不是上灶吃饭嘛，那在省委大灶，我们去吃饭，一起排队。吃了一段后，说我还得缴饭票、缴粮票。我粮票是从家里带的，咱也没有转户口，什么也没有。人家说你这钱得缴，我说可以，该缴缴。可咱农业社是一年才分配呢，那会儿经济特别困难。没有劳动也挣不上甚工分，我就领个补助。"

由吃饭也牵出转户口、当干部、定级别、挣工资。

"后来领导说，你得想个办法，我们给你转户口，你转了户口就成了干部，就有了工资。人家就给我下个通知，叫我填表，农民转成干部。

"哎呀，我想，我就不转户，非要转户就不合适。要转了户口，我就再也不是西沟人了。

"我说：'能不能跟领导商量商量，先借给我点儿钱？'人家说：'哎呀，借钱那就不是干部啊。'我说：'就先给我借上点儿。'我没有填这个表，填了这个表，我就成干部了。这后来，就给我借钱，一个月少则30元，最多50元，比群众的生活水平还高点。"

她的"三个关键"是：没有转户口，没有要工资，没有要房子。

"在这个中间，咱不是没有房子吗？领导就关心我：'给纪兰弄上套房子，叫她有个地方住，能休息休息。'也是让填表呢。我说：'不用，我回西沟呀，那里就有家，何必给国家找麻烦？'人家说：'倒不是麻烦，你在这儿，就得有个家。'我说：'妇联常委办公室就有我的床，常委会是我召开哩，我到里面住，又不妨碍在里边办公。'"

接下，申纪兰把话转成："看看哪个领导还是哪个群众需要，把这房子登记上，让他们住吧。"

她在省城不要房子，弄得有的西沟干部遗憾不止："你要房子怕什么？你要来房子，咱去都能住住，倒不用出去登记了。"

再就是不坐专车。"在妇联住了半年，我太想回西沟了，就向妇联告了个假。我也没有用妇联给我准备的专车，回西沟是私事，公家的车不能用。

"我倒了两三趟长途，转到平顺后，再走回西沟。"她真是爱走路啊。

"妇联给我配了专车后，有一年，开会特别多，那司机就把车开到西沟，接我上太原。我觉着这样太浪费了，就跟司机说：'你不用来接我了，我自己坐车去太原。'司机也为难，说：'这是妇联派下的任务。'我就跟妇联说：'开会提前通知我就行，不要再派专车来了。'"

最后，她说："我自己是心口一致的，几十年严格要求自己，该做的事情，能做的事情，我尽量都做到了。"

赵瑜说："她几次向省里请辞，随后干脆回了西沟，这一步一步走得的确有点像曾国藩所言：'如履薄冰，如临深渊。'回去后，一开始，省妇联常派人去西沟找她，可是她说：'你们不用找我啊，我也是不想管。'"

申纪兰说："当时省委是王大任分管妇女工作。我找到他说：'我该回去了。'王大任书记也知道我，我来的时候就说还要回西沟呢，人家说：'倒选上你了，你不能随便走啊，你还得干下来，赶五年换届了，你倒走了，不用当了。'我想，这可能是要叫我走。可五年了，又选上了，走不了了，又当了五年。"

她仍要作为西沟人，经常回去参加劳动。她的理由也很充足："我向周总理保证过，要把西沟的荒山都绿化了。离开西沟，我还怎么绿化荒山？"

她记得总理对她说："应该多植树，树多了可以保持水土，也能改良气候，你们那里也就富了。"

"周总理让我多植树，西沟这些年植了不少树，但离总理绿化荒山致富的要求还很远，我要用我毕生的力气在西沟植树，把西沟的山变成绿的，这也是我向周总理做出的保证。"

还有这理由。对此，她并非高调不止，实际上多年里她都作比较："人家都出去了，成了国家干部。我现在一切都不想了，就当个农民。要说真正当了妇联主席，再来当咱这农民，真没有。"

所以她讲，她到太原挺长时间的那一年还在家挣了190来个工分，那也是一直在地里劳动吧。

她卸任主席回西沟后，时任山西省委书记的李立功带着时任组织部部长卢功勋到西沟看她。对这次西沟行，卢功勋就记得很清楚：

"1983年，李顺达不在了，我那会儿当组织部部长，老劳模对山西很有贡献，我去她家里看看有什么困难。申纪兰就是因为这个上去的，那会儿不走关系，她也没有那个条件。这是当时的潮流。一问申纪兰，她就说'没有李顺达，就没有我。是老李把我一手带起来的'。当时，也定了要给她解决问题，所以，我和她说：'你岁数大了，你也得改变你的生活方式，第一，我给你转供应，你现在还是农村户口；第二，给你定工资；第三，给你解决车的问题，山沟沟不好走，你经常到平顺、长治开会，也走不动了，叫他们给你派车。'她不，说：'我户口不转，我还是农民。'我说：'你老伴在武装部，我的意思是你和你老伴生活在一起。他在城里，你在村里，你革命还是要革命。'有人说她和老伴关系不好，我也并不清楚。他们也有孩子，孩子们也没有太出山。"是这么个情况。

她这十年，最令人感动的就是那次她在太原住了大半年后第一次回西沟。她去了地里，忍也忍不住，就掉下眼泪来，在地里哭了。

她说："我觉得，我真的是离不开西沟，一回西沟，心里就是踏实、痛快。我主意定下来了，不是西沟离不开我，是我真的离不开西沟。回到妇联，我就把这个想法跟领导说了。领导研究了后跟我说：'人可以回到西沟，可是还得在省妇联当主任。'平常我就在西沟劳动。"

她回西沟劳动，今天我们都能说这是苍天对她的护佑。劳动者至圣。

她的年纪，介乎于我母亲和姥姥之间，太行山老一辈女性不是说什么非常注重传统观念，她们和传统本身就是相一致的。她说她离不开西沟，其中有一个很大的原因，是她有婆婆在家，让她在心里永远也放不下。

赵瑜说："申纪兰是个什么人，这就很重要。如果我们不能更深入地理解中华古老传统，那对申纪兰的理解，恐怕很难透彻。"

2020年4月，在对吕日周的采访中，他也讲："为什么很多人写不好申纪兰？其中一个很重要的原因就是对她没有真正的理解，光看她被宣传的一面，不知道她吃苦受罪的一面。

"她自己常说，她什么好、什么幸福都得到了；另一边呢，她说自己什么苦也吃了，比黄连还苦。"

早先，人们对她说的这个"苦"的理解，应该说有一定偏差，当真正进入她的世界，同时把她作为一个具有象征性的政治人物来考察，"苦"的意思就多得多了。

当省妇联主席这十年，她所表现出来的最了不起的地方，主要是一种深沉的隐忍。首先，你得能承受下来吧。

投票李顺达

就申纪兰当省妇联主席这十年，必须交代一下。其一，她每年在西沟至少挣150个工分，最多的一年达到250多个，她的基本生活费用主要是来自在西沟的这部分劳动收入。其二，1983年，申纪兰从省妇联主席的位置上退下时，省委领导问她有什么要求，她说："啥要求也没有，只请领导让我回西沟。"申纪兰打起铺盖卷，回西沟继续当她的农民和劳动模范。这年，她54岁。其三，组织上又安排她担任长治市人大常委会副主任。对此，她向组织声明："当人大常委会副主任，既要有德，又要有才。咱识字不多，本事不大，当不好，对不起人民。"但她还是当选了。接下来，市里又安排她转户口、定级别、配专车，她的回答依然是："我的岗位在西沟，我的户口在西沟，我的级别也在西沟。"长治市人大几次换届，申纪兰几次当选这个副主任。

在这十年间，对申纪兰而言最重大的一件事，就是1977年在中共山西省委三届八次会议上选举中共十一大代表时，她举手投票李顺达。但李顺达落选中共十一大代表，之后，又被撤销了全国人大代表资格。

1968年刘少奇被开除党籍时，大会上唯一一位没有举手的女代表是陈玉敏。她是新四军主力师，也就是李先念那个师的副政委，就她一个人没有举手。

正如刘少奇被开除党籍时这位女副师政委陈玉敏一样，申纪兰也经历了这样的心理搏斗。

后来有位研究社会学的专家访问她时，说："当年为了选李顺达当党的十一大代表，整个山西代表团就你一个人投了赞成票，恐怕很多人不知道这个吧？"

让人意想不到的是，申纪兰竟回了一句："哎呀，你可知道了？"这么严肃的话题，结果让她弄得像妇女们在田间地头拉家常。

简单说来，当时的情况就是开会选举前，省里主要领导特别向申纪兰打了招呼，让她不要投李顺达的票。

赵瑜对此事的描述格外生动："申纪兰不同于他人的地方就是，她是一个本村干部，省委不让她投，她也不会拐弯抹角，就直不笼统地去了李顺达房间，说：'顺达哥，人家不让咱投你。'她就会这样去表达，然后，坐下来抹眼泪。李顺达反过来还得安慰她：'哎，那还能一直让咱当啊？当一两回就行了吧。'意思是你不要哭了，这没有什么。但她最后还是投了李顺达的票。"

我第一次到西沟采访申纪兰时，由她领着去看了李顺达的老房子。在那道土崖上，就投票一事，我也和她有过交流。

当我第一次写这件事，因缺乏对史实的深入调研，说仅有她一个人投了李顺达的赞成票这件事，就不准确。

可申纪兰说："老李是个好人，一句坏话也没说过。"选举开始，当唱到"同意李顺达的举手"时，整个会场上，举手的只有申纪兰一个。人们都惊诧地看着她，她却把手举得直直的，高高的。有代表当时就问："你怎么还敢举手呢？"申纪兰说："党培养了老李，老李是个好人，带头干过来的。我了解老李，不管你们举不举手，我是要举手的，住了法院也心甘。"对呀，这举起的，还是她那劳动妇女的粗手。

而事实是：李顺达得票比较少，却并非只有申纪兰一票。

从中也不难看出，申纪兰当省妇联主席却退居西沟一隅当农民，还真是躲过了省里几起几伏的政治风浪。当时称"翻烙饼"，是这边"上来"、那边"下去"。

具体到李顺达，他起初被平反后当的是省农委副主任。在此期间，吕日周已大学毕业，被分配在省农委工作，李顺达是他的领导及同事。在省农委，李顺达亦有磕磕绊绊，其中遇到个电视机的事，头脑灵光且有正义感的吕日周就从中帮助了他。

吕日周说："李顺达是个老实人，平反后当了山西省农委副主任。可对立派大寨家在省农委就有三个人，都挺厉害的，另就剩下几个是老干部，我算个小年轻吧。省农委办公室兼宿舍里面有个彩电，上面还有个木头壳子（电视机在里面锁着）。有一天，电视机却忽然丢了。这就上会了，围攻李顺达，说他偷了电视机。当时还没有任命我当秘书，但是我在党组，干些记录、扫地、打水、抹桌子的活。

"李顺达说：'我没拿。'这些人就攻击他、指责他。我看见不对，把笔一撂，就不做笔记了。其中，一个老干部却把矛头对准了我，说：'你有派性，你同意的意见你就记，你不同意的意见就不记。'那我也不是一般人，我就把笔往那里一甩，说：'你来记。'

"我就和这个老汉儿别了一口气。我看李顺达受不了他们的围攻，就对他说：'老李，你不是一上班就感冒了吗？你不去看病，坐到这里干啥呀？'老李就接话：'嗯嗯，我看病去呀。'起身就走了。

"可他们几个还是骂骂咧咧的，我实在看不下去，就发话了：'李顺达办公室几把钥匙，就他一个人拿了呀？还是还有人拿的钥匙，都有谁？拿走钥匙的这个人想拿电视机肯定得有汽车，没有汽车，这么大的彩电，还有木架子，他拿不走。我们门口就有站岗的，他怎么往外背？'

"哎，这下，他们马上就说：'这个问题不说了。'我们这儿有两个打扫卫生的小女孩，其中一个姓赵，她男人就是开车的，她就拿这个办公室兼宿舍的钥匙。这个事就再也不说了，这两个女孩子和他们关系最好，都听他们的。

"李顺达当时就住在我们那个院里，晚上回去拍着我的肩膀说：'大兄弟，哎呀大兄弟，要不是你救我，伙计可是要毁到他们手里了。'其实他那天没感冒，也没和我说。我说了那个话，他一下子就明白了，就抬起屁股走了。"

我插了一言："这不就是构陷人家吗？欺负他老实。"

吕日周说："这个事我做得挺好，可对我也有影响。当时，《农村工作通讯》需要个记者，很想把我要过去。可这三个人里两个不让我走，理由是我生了三个小孩。那时候，四个也能生啊，北京是严格，可他们那样告我，我这个记者就没当成。"

这件事，一直到2000年左右，吕日周当了长治市委书记后，申纪兰才知道。

吕日周说："大姐很感谢我把这个老汉儿保护好了。"

政坛上，多的是风风雨雨。

前面说给李顺达平反，用赵瑜的话讲："那他也是后期受到派性斗争的影响，心情很不愉快，被派到中央党校学习。学习期间，他正好碰上了胡耀邦在平反冤假错案。胡耀邦问他：'老李情况怎么样？'他就向胡耀邦诉苦。胡耀邦说：'这党内都知道你是个老实人，你写个材料吧。'他这才写材料，因没有秘书，最后还是他女儿的同学帮着写的。

"回来后给他平反。李顺达这个人，有点儿像什么？不抵抗。他是公认的老实人，但他这种人呢，恰恰受到上下左右对他的客观保护。李顺达可以说是被时代潮流卷进去的。"

1981年，中共山西省委为李顺达平反，之后，李顺达当选山西省人大常委会副主任。

当时的情况大体是这样。回到申纪兰举手投李顺达赞成票，最好能听听她的心声：

"我就觉得，李顺达是个好同志。我做事，凭党的原则，我就举手选他。那个时候，真不容易啊。把李顺达弄成一个不听党的话的人，我都替他受委屈。我是站在西沟农民的立场上举的手，也是站在西沟的一个共产党员的立场上举的手，我代表的是西沟党支部，不仅仅代表我个人。我要是不举这个手，那我就不是一个真正的共产党员。

"李顺达是名副其实的共产党员，我就是接受他的批评成长起来的。老李呀，我也是跟着他走才走到今天，不是他，就是我被选上了代表这些了，那开一两次会也就完了。

"李顺达一心听党话，党叫晚上开个会，他就不会过了夜，总得把事情落实了才行。那时候李顺达带着西沟人干，什么报酬也没有。有什么报酬？就是活着一股劲儿，就是要跟着共产党走。

"但是，在这个走路中间，受到了一些挫折也正常。"

赵瑜说："在这一点上，申纪兰表现得非常坦荡。她从不搞'小动作'，也不隐讳当时有些人动员她，叫她不要选李顺达。她更没有随便地听从这个人的指挥、那个人的调遣，她有她做人做事的原则。能在这样的政治大风浪中做到忠实于自己的内心，非常不容易。"

1983年7月，李顺达病逝于五台山，享年68岁。

"活化石"说

在朋友中，有不少人知道，赵瑜多年前就有写申纪兰的准备。我可能了解更多一些，我与赵瑜除相对密切的文学交往外，还有一层工作关系，如山西土垒影视（赵瑜为法人）承揽申纪兰纪录片的拍摄、制作，我呢，作为公司的一员，自然要比别人更了解情况。实际上，公司也是第二次为申纪兰拍纪录片。

另外是他几次搬工作室，包括在省作协院内一次搬家，我帮助他倒腾大书柜时就见到几个装有这方面材料的大文件袋，并且还有关于大寨的一部分。

在对他的采访中，他讲得也很清楚："我对于西沟和申纪兰熟悉，主要因为我是长治人。我小时候便对她一点不陌生，我母亲的工作单位就是晋东南妇联，她是管宣传的，所以纪兰这些老大姐，我非常熟悉。但是'文化大革命'前，她并不是很显眼，活跃在大家眼中的是李顺达。李顺达资历更老，他也是一个焦点人物。

"这样，等到我写东西后，没有先参与申纪兰的事，而是到1986年发表过一个小长篇《但悲不见九州同》。在采访和搜集资料的过程中，可以说处处离不开申纪兰，由此，也就了解了历史过程中她所发挥的重要作用。

"后来，我继续准备这个题材，从20世纪80年代中期开始，一直到2004年写关于晋东南地区的书《牺牲者》，这部百万字的作品中，也多处涉及申纪兰。

"但实际上真正把她作为一个题材来做，应该是在2000年左右，她担任第九届全国人民代表大会代表的时候。当时，山西省和长治市有心做一个关于申纪兰的专题片。这个时候，李顺达已去世多年了，申纪兰逐渐在咱们国家的政治生活中凸显出一种特殊意义来。第八届的时候还有两个人连任全国人大代表，一个是荣毅仁，再一个就是申纪兰。到了第九届的时候呢，就剩她一个人了。当时省人大和长治市委就决定，由我负责来拍摄一部关于申纪兰的纪录片。可以说这个时候，她正式地进入了我的创作视野。"

江泽民任中共中央总书记时，在一次全国人大代表会议期间来到山西组看望大家，和申纪兰握手时，夸她是"凤毛麟角"。后来在西沟，申纪兰还问过赵瑜"凤毛麟角"是什么意思。

2000年，在第九届全国人大第三次会议上，山西省委主要领导告诉申纪兰，说这样是夸赞她呢。但她还是希望能明了"凤毛麟角"这个成语的确切意思，她也是感觉赵瑜有文化吧。赵瑜说："是好意思嘛，少，稀罕，宝贝。"这下，她放心了，说："好就行。"

2001年，我在山西青年杂志社工作期间，编过写她的一篇万字稿件。正是在这一时期，她有了"活化石"的称号——见证中国人民代表大会制度（或者说民主制度）的"活化石"。当时几个同仁一起谈稿件，有人就讲，这个"活化石"概念说是赵瑜在拍纪录片时提出来的。

我向赵瑜求证，他却没有直接回答我。

他说："当时也许这样提过吧，因为拍纪录片也是朝这个方向努力的。但是不是我本人最早提出来的，实在也不肯定。这个提法，主要是有个形象的东西，相对容易让大家记住。

"2000年左右，我负责申纪兰的纪录片拍摄。在长治市驻扎下后，多次和市委领导研究纪录片主题。开始主要说的是太行英雄申纪兰、全国著名劳动模范申纪兰。在这样的情况下，我提出申纪兰固然是全国老资格的劳动模范，但是以全国劳动模范做主题并不能凸显其主要特征。她最主要的特征，也就是跟别人不同的，正是从第一届乃至于第九届连续不间断地作为一个妇女和农民代表参加全国人民代表大会，这个特征才是别人所不具有的。全国劳动模范，江苏有吴仁宝，山西有李双良，哪个省都有，但是唯一的从第一届到第九届全国人大代表，只有她一个。

"当时省人大正是搞人民代表大会制度的，他们说'对对对，这个好'，其他人也很支持这个改动。所以把立足点就放到这上面来。

"可是，说起来容易做起来难。如果你就拍她是劳动模范吧，反而还容易一些，你要拍第一届到第九届全国人民代表大会，这个影像资料在哪里？这不仅会增加摄制组的投资，而且还会增加很大的工作困难。但是，当时我还是认为这个比其他意义更大，再麻烦也得弄。因此，为了开展这项工作，我带着人到了中央新闻电影制片厂。因为在第六届人大以前基本上不是靠电视来拍摄，在第六届以后才逐渐有了电视拍摄和播报，所以寻找影像资料非常困难。因为申纪兰当时是普通的妇女代表，她进出于人民大会堂（甚至第一届还没有人民大会堂，是在中南海里边开的会）可以说是被淹没在众代表之中的。

"中央新闻电影制片厂有一个历史科，在北三环那边，离北影厂很近。资料浩如烟海，怎么才能找到申纪兰的一些镜头呢？

这就需要把人民代表大会所拍的电影及胶片资料一部接一部（一条接一条）地挨着看。由于我以前拍过多年的纪录片，那地方的朋友们也非常支持我，给予了我很大的帮助。

"历史科科长的徒弟就是我们的摄影师。科长说：'老赵，怎么弄啊，给你弄个专门的放映员？'就给我弄了个专门的放映员。我们关在小黑屋，一次一次、反反复复地看。看到哪里，忽然我说：'停，呃，刚才好像看见一个人有点像老申。'就这么一点一点地往下抒，哪个地方有申纪兰就记录一下，把前几届的东西搜了个遍。

"为什么申纪兰，包括西沟人后来非常高兴呢？因为他们也没见过这些珍贵的历史镜头。包括她走进会场呀，向着镜头走过来呀，参与接见呀，有时她低头沉思呀，他们也没见过。

"当然，第六届以后有电视，不过也很麻烦。我们就到了中央电视台，说实话，也是凭着与总编室、资料室、纪录片部的朋友多年的关系。第六届以后虽然有电视，但是量过于大，又不知道在哪儿，可是也没办法，只好又那样在里边找。这样说吧，光搜集中央新闻电影制片厂的资料和中央电视台的资料，少说也折腾了两三个月。

"但是，我始终认为，她的价值就体现在这上边。这项工作尽管浩瀚、繁杂，我还是觉得很有意义，比拍一个普通的全国劳动模范有意义。她给我们中国的民主进程、给我们中国特色的这种民主制度，带来了一个独特的见证，甚至是唯一的见证。

"最后，这个片子正式进入实拍阶段。我的搭档，就是中央新闻电影制片厂历史科科长的徒弟，藏族人，叫次仁多吉。他和我一起在西沟拍的。他组织了很好的班底，带着优质的机器和严谨的工作态度在西沟驻扎下来，就拍了大家所看到的《人民代表申纪兰》。"

我说："我看了好几遍，每次看都很感动。"

赵瑜说："片子拍完以后，省人大非常重视。当时的省委书记田成平也非常重视，他还提出过修改建议，说：'拍老申这样一个人呀，干部要少，群众和人民代表要多。'他提的这个我们认为有道理，为此还补拍了一些镜头，补充了一些细节，增加了一些群众的看法和人民代表之间的看法，使它更加凸显人民代表大会制度在我们国家的运行轨迹。

"当时卢功勋是省人大常委会主任，他特别派了两个副主任光敏和崔光祖负责这项工作。崔光祖代表山西省人大和我到中央电视台、中宣部、全国人大汇报这部片子，并且找李鹏总理，他当时是全国人大常委会委员长，为片子题写了片名。

"这部片子特地安排在第二年的人民代表大会期间播出。中央电视台说能不能压缩成两集，我说可以。他们说主要是'两会'期间黄金时段十分珍贵，真要播四集，空档太少，弄成两集的话反而机动。这样的话，又回到山西电视台来加班，把四集版搞成了一个两集版。两集版送到北京中央电视台之后，就在第二年的'两会'期间黄金时段播出。

"从这以后，大家就更明确了，申纪兰是当时第一届到第九届人代会中最独特的存在，也确立了她在我们国家政治生活中的地位。"

我又请赵瑜讲了第二次为申纪兰拍纪录片的情况。

他说："第二次是平顺县自己要搞的。县里觉得她年龄大，90岁的人了，恐怕以后拍起来会更加困难，加上距离第一次拍纪录片已经又隔了几届，这时候已经到了第十三届，所以，希望再拍一个更完整的片子。

　　"她呢，知道县里是要正儿八经干了，也就更支持。再加上是我这个老朋友来弄这个事情。

　　"关于别人，她是要验明正身的，不是正式的，她就不让拍。至于说她怎么对应，说老实话，当她千篇一律的时候，也恰恰说明这个人诚实、本分的一面。有人很笑话她这种千篇一律，说什么都是那一套，反过来，恰恰说明她不会投机取巧，不会刻意迎合时局的变化。我知道，她有时候也想适应新东西，但是很困难。比如有一次，我问她最近去开什么会了？我还以为是什么劳模会、什么庆祝国庆节呢，谁知弄得她想了半天也想不出这个会的名字。我说算了。不管什么会，我是随便问一句。结果没想到她还很认真：'不不，我能想起来。'最后，她突然说：'精神文明会。'

　　"这样的新名词，她死活学不会。所以，你看见她千篇一律，一会儿去消防队，一会儿去工厂，一会儿去党校，说的都是那些话、那些事。这还是说明，她这个人老实。

　　"要怎么看待这个问题呢？对，她是笨，难道她不能把自己说得更先进吗？比如说这次获'共和国勋章'，规格这么高，全国总共才八个人。"

　　山西省人大常委会原主任卢功勋说："她这个事迹，我们到人大就提。以前，我是管干部的书记，了解她的情况。劳模啊，李顺达啊，组织部一直管。她在西沟劳动，现在还参加。她这个人很朴实，她还有一个表现，外省的人有一些未解决的问题来信、来访，她都替人家反映，有的最后解决得很好。她和群众的关系很不错。

　　"她的发言很朴实，你不能像要求一个知识分子那样系统呀、全面呀、深刻呀，她没有这些。她有的是劳动人民的本色，她说的是老实话、真话，没有套话，领导们愿意听她讲。每次中央来人参加会议，总要安排她发言。她对党很有感情，不是一般的感情。

"申纪兰是山西的宝贝，这个代表不容易。有的搞不好，中间就变化了；有的原来本身就不实在，后来又变化了，没有保持。她是劳动人民的本色一直保持不变。什么阶层就有什么代表性，你拿这个来要求她，她是农民代表，是很标准的。过去她是以劳模出名，第七、第八、第九届人大以后，她是以代表出名。她没有出过政治上的问题，她是个老模范、老代表，但思想不保守，还与时俱进。这一点，也是肯定的，她能跟上时代发展的变化。"

"她是农民代表，是很标准的。"卢功勋这话，说得真好。

张娟，申纪兰行政助理，平顺县纪兰文化研究室主任，在申老身边陪伴八年。她说：

"我是2012年底的时候开始跟她的。我记得，2013年开'两会'时，我第一次跟她到太原坐动车。在动车上，大家都跟她合影照相呢，有代表，有列车上的工作人员……哎呀，反正一批接一批的。每次只要人一来，申主任就站起来照，不管官大官小，大人还是小孩，她都是热热情情，没有说'哎呀，我刚坐下，就不站了'。这时她也是八十好几了，还很注意这些细节。

"当时，我们坐在第一个车厢，挨着操作室。好多代表就很好奇，包括我在内，都想看一看动车是怎样开的，就挤那儿去看。申主任呢，就坐在那儿不动。我说：'你怎不去瞧瞧哩？都瞧哩。'她肯定也没有见过这个呗。她就说：'都瞧去，影响人家司机，怎弄哩？叫人家分了心，怎么办哩？我不去。'

"其实，就是一辈子的习惯，不给别人添麻烦。

"她做人很低调，从来不觉得自己年纪大了，摆摆谱，或者弄个什么。每次出去开会上电梯，从来都是请人家先上，或者是叫人家都先下，自己在后面。

"还有吃饭。每次吃完饭，我说'咱走吧'，那么大年纪了。人家不。只要在一个桌子上，不管是书记还是工作人员、代表，她非得要等别人都吃完，一起走。

"2014年，在北京开'两会'，我们跟省委书记王儒林住隔壁，我出门的时候，申主任总要安顿（叮嘱）我：'你可要把门稳点关，说话小点声，不要影响人家。'再不然就是：'咱快走，不要碰上领导了。'抱的是最普通老百姓的心理。

"我跟着她，一开始，她是死活不同意。县里头就和她说，一个是她年龄大了，另一个是开会人多，特别是去北京开'两会'，记者特别多。到天安门一下车，那记者'哗'地就涌上来了。说考虑到这些才配上个人。可是她还不想让人照顾，后来又慢慢做工作，才算是听了县里头的安排。

"第一年跟她，我也有点紧张，倒是人家很照顾我。我是年轻人，咱也能瞌睡呀。有时候我听见她早早地就醒了，她也不起，怕影响我，就在那个床上翻过来、倒过去。她一般5点就醒了，一直等到6点，才说'起吧'，我才跟她起床。

"开会的时候，为了节约，不愿意给会务上添麻烦，她一再强调：'我们两个住一个房间。'不要开两个房间，走到哪儿也是这样。

"在北京，如果是开第一次会议、第二次会议啥的，是在人民大会堂开，那个是集体乘车，有固定时间。要是进行小组讨论，是在驻地开，通知3点开会，她2点半就去了，第一个到，每次都是第一个。然后，坐在那儿，就不动了。有些人一会儿上个厕所，当然这也很正常。那人家是从始至终就不动（申纪兰讲她是：聚精会神）。

"北京开会是这个情况，在省里、市里、县里、乡里开会，也都是这样。市人大领导就说：'谁能像申主任这样，坐那儿一动不动？有时从8点开到12点，有时甚至更长。'

"一般咱去住旅店、住宾馆，觉着有服务员收拾就行了。申主任呢，不管住哪儿，都是早早起来，首先把床铺好，桌子上收拾利索，卫生间也弄好。服务员进来，就不用弄。

"申主任穿的袜子经常破，破了就自己缝缝。我说：'我给你缝缝吧。'人家说：'你不会缝，你年轻人哪会缝这个呀。'我说：'哎呀，你堂堂的全国人大代表，就穿个新袜子吧。穿这个破袜子，补了又补，再说补那个补丁咯吱人哩呀。'她不，自己在那儿缝。

"她是坚决不给别人添麻烦。有一次，她眼睛做了个小手术，她就和我说：'谁也不能告诉。'可是，人家县里肯定要向市里汇报呀，市人大、市政府的领导都看她来了。后来，回来好长时间她还说：'怎个就能叫人家领导知道了？'她总觉着是给人家添了麻烦。

"人，总有个心情好、心情不好的时候，人家是无论是自己心情好还是心情不好，只要是有人过来求她了，她能做的事都答应。'你跟我照个相吧。'照吧。'你给我签个字吧。'签吧。特别是在北京'两会'上，那个首日封呢，很多都叫她签字，这是吃饭也签，回去宾馆也签，在人民大会堂入口也签，一直到开会坐下，还有人找她签名。我说：'你不能一直签吧，一个人签上一张就行了。'可有人就是拿着十几张。申主任说：'人家既然求出来了，让我给他签了吧。'

"还有就是绝对不搞特殊。像每次开会，给她准备的小车从来不坐，说：'我不搞特殊，我就跟着大家坐班车。'从人民大会堂正门走，她就会面对很多记者，回答很多提问。"

中国农民，伟大也沉重。

"吃馒头，举拳头"

2020年5月，看到一条十分醒目的消息：

从1954年到2018年，再到今年5月，申纪兰作为我国唯一一位连任十三届的全国人大代表，第66次到京参会。

这个"66次"，显然也包括她到北京参加的其他会议。尽管如此，看到这一消息后，我的感觉像是在读《时间简史》，里边尽是天文数字。但就她本人，关于全国人民代表大会的全部参会，实际上还是诚惶诚恐的。在许多公开场合，她都说自己"年龄大了，代表不了群众的利益了"，主动"请示领导不当这个代表了，真的不要了"。

其中有一次，她向当时的山西省委某位书记汇报思想，还听这位书记说"在世界各国，有一位日本议员当议员的时间最长"。可惜，我没能查到，倒是搜索到美国有一个议员已经干了50多年（2009年前后）。但是，到现在呢？如若论年头，想来她在这个世界上，恐是鲜有人能及。就那位日本议员的事，她当时说："咱参加这个人代会也有好多年了，咱不跟他比，咱跟他比那个干啥？"

当然，她也坦然面对。她说："老代表都下来了，有的不选他了，有的去世了。我自己是这样一个感觉：这是党和人民对我的信任。群众不拥护你，你倒当不上了。群众选上，咱就当；不选，咱也高高兴兴。像现在，科学发展了，文化高了，代表层次也高了，发言也不一样了。20世纪50年代，代表是工农兵多，以后就不一样了。这会儿，就成企业家多了。有一段，是知识分子多。不管怎么的，既然当代表，就是要出于公心，代表群众的意见，代表农民说话。"

我与赵瑜对话申纪兰时，这也是展开讨论的主要议题之一。

赵瑜说："在我们国家人民代表大会制度当中，对于老申这样一种代表，本身是有争议的。这个争议主要集中在她发表的反对意见很少，对我们国家每一个阶段的政策和历史决策赞扬的多。而从20世纪50年代以来，我们国家本身的政治经济生活，实际上是有沉痛教训的，如'大跃进'所造成的影响，直接表现是在农业上损失惨重；'文化大革命'期间呢，更是人所共知；推行'农业学大寨'，造成了一系列违反客观规律的事，这显然是在决策上走了弯路。因为老申是个贯穿始终的人物，人们就会想到，她怎么从来不提出自己的见解呢，难道她不了解农村的情况吗？既然她非常了解农村的情况，那为什么她从来都是赞同那样的决策的？到了21世纪头20年，似乎更加凸显，有人就说她'吃馒头，举拳头'，实际上很难行使人民代表大会赋予她的权力，尽到一个人民代表的职责。"

随着人们民主意识的不断加强、提升，这种声音时有出现。赵瑜认为："我个人对这种现象是怎么看待的呢？首先，我认为大家说得对。大家对于人民代表大会制度下人民代表的质疑，是我们国家民主进步的一种表现。但是，你要具体到某一个代表，比如说过分地夸大他的责任，过分地指责他，甚至讥讽、嘲弄他，我是不同意的。

"为什么？这是因为如老申这样，在我们国家的社会地位实际上就是个农民，一个太行山区的农村妇女。你让她有那么高的民主意识和政治觉悟，可能不可能？不要说是她了，大学教授也不尽然。

"所以，在这个问题上，我们非但不能去责备她，而且还要看到她见证了我们人民代表大会制度的基本形态和基本政治生态。她是一个值得我们去深思、长思的研究对象。她有忠诚于民主制度、忠诚于国家的一面，身上有诸多优秀的传统美德，如艰苦朴素、吃苦耐劳，又如对于家乡西沟的土地，有万分的眷恋与挚爱。

"当然，她也有她的历史局限性，哪一个人不是这样的吗？岂止是她一个人如此？"

2020年4月，诗人、书画家郭新民带我到榆次新星博园采访吕日周。在这一点上，吕日周也持赵瑜的观点。吕日周评价道：

"她不是社会上其他人说的，好像什么她都举手。这个话很肤浅，因为在那样的一个时代，我们不能苛求申纪兰和主旋律唱反调。但是，她在具体的事情上，爱憎非常分明。她当了省妇联主任，正厅级干部，从来没有要一分钱。她的思想境界很高，对党的认识觉悟也很高，基于这样的认识，我们之间结下了深厚的友谊。比方说，申纪兰不会说话。我跟申纪兰在市里面开会，我说一段，她说一段，最后大家说：'呀，申纪兰真会说呀，有思想水平，有理论水平。'我说：'你们没有仔细听她，还没有真正理解她。她不是一般人，是中国唯一一个。'"

在吕日周的新星博园设有五个精神研究会，其中就有"申纪兰精神研究会"。吕日周当年在长治工作的经历与申纪兰"结下了母子连心的感情"。他对申纪兰的敬仰和爱戴,让人们深受感动。

吕日周说:"一旦脱离开时代背景来指责申纪兰,那是非常不负责任的。"

他接着说:"在历史虚无主义盛行之时,不时有脏水泼向申纪兰。申纪兰有一条过硬的本事:别人曲解,她不解释,不反击,不找领导,更不会去报复。实在难过了,她会找个没人的地方,偷偷吸几口烟,或者唱段小曲,有时也会偷偷抹把泪。"

早在长治工作时,吕日周就发现了申纪兰这个秘密。他在西沟还安排了一个"眼线",只要发现申纪兰偷偷抽烟了,他就会跑到西沟,陪着申纪兰聊天,想法排除她的愤懑,解决她的问题,化解她的烦恼。

比如,申纪兰为了帮助西沟发展经济,同意用她的名字命名企业、做广告,这不仅引来一些企业、个人对她的诽谤,也扯出了官司。吕日周就出面,找这些企业、个人做工作,对他们进行批评教育。还有一些企业背着申纪兰,打着申纪兰的旗号做生意,吕日周也进行过劝阻。

山西省人大常委会老主任卢功勋在"申纪兰不投反对票"这个问题上讲得也很通透:"说她没有投过反对票,这件事也可以理解,谁不听中央的?她这个人组织观念很强,党要干什么,她就拥护,从毛主席到邓小平到现在。"

老省委书记胡富国说:"网上说了,申纪兰是每次代表都有她,什么事都举手。是这样的吗?你再好好想,光申纪兰举手了?哪个不举手?这个道理要说清楚,申纪兰为什么总是举手?她就一个信念:我相信共产党,党说的话我就要支持。还有人专门找她的毛病,说她就会听话、只会听说。当然得听了,她就相信共产党呀！"

再听赵瑜的评述："有些偏激的人逮着申纪兰骂，实质就是骂一个没有'反弹力'的人。更别说人民代表大会制度在那个特殊的年代一度被冲击得不复存在。"

第三届全国人民代表大会后过了整十年，才召开第四届全国人民代表大会。

就第三届（1965年）、第四届（1975年）人民代表大会的召开情况，申纪兰都有比较详尽的回忆，特别是关于第四届人民代表大会上周恩来作《政府工作报告》的回忆，十分清晰："第四届人大主持会议的还是朱德委员长，周恩来总理作《政府工作报告》。总理身体不好，在那儿作报告就是强撑的。总理一到，我们就瞧见他瘦了，瘦坏了。他坐到那里，大家感情就深了，这是总理最后一次作报告啊。总理讲了几个主要事情，讲到中间就坚持不住，不能往下讲了。我们这些代表含着眼泪，一直鼓掌。总理站起来，给大家见礼，又坐下，大家还是鼓掌，总理连着站起来三次感谢大家。总理就是在这种情况下坚持作报告，提'四个现代化'。他是世界上一个好总理，伟人。当然，咱不能评价总理吧，咱只能以自己的体会说总理的报告很好。"

这不正是对中国民主制度的见证吗？

"所以，"赵瑜说，"在这个问题上，我始终不能认同今天许多年轻人脱离历史背景、历史真实的主观臆断。那样，可以说是无知的。"

更别说在申纪兰身上还有那种绝不随波逐流、更为积极的一面。

就社会舆论而言，也有很多人站出来为她辩护。第十一届全国人大的时候是这样，到2013年第十二届的时候也是这样。当时，有不少人写文章就对申纪兰的负面评论进行商榷。

对申纪兰连续十二届当选全国人大代表，之所以会有那么多的负面评价，分析起来，最重要的原因或问题有两个：第一，为什么一个人可以连续十二届、长达数十年担任全国人大代表？理由是什么？在这个问题的背后，是人们对中国人大制度中有关代表任期制度的疑问，即人大代表是不是终身制，可不可以终身制。第二，为什么连续十二届当选全国人大代表的会是申纪兰"这一个"？她凭什么可以连续当选？她有这个"资格"（能力）吗？这个问题的背后，是大家对全国人大代表适格问题的追问，即什么样的人，具备什么条件，可以当选甚至可以无限期地连选连任人大代表。

对这两个问题，我们无法用制度的标准进行评判。因为，在《中华人民共和国全国人民代表大会和地方各级人民代表大会选举法》（以下简称《选举法》）中，并没有人大代表任期和能力条件的规定。我曾思考过这个问题，为什么不仅中国的《选举法》不规定人大代表的任期和能力条件，连国外许多国家的选举法也不规定国会议员的任期和能力条件呢？原因会不会是这样几条：第一，选举权和被选举权是公民的基本民主权利，不附加不必要的条件，是为了保障公民充分行使这一基本民主权利。第二，人大代表、国会议员不同于行政机关的工作人员，作为民意代表，只要选民认可，可以不受任期的约束。第三，对人大代表、国会议员的条件，除了选民的一般条件（在我国为年满18岁，未被剥夺政治权利），似乎难以对人大代表、国会议员的能力条件作出规定，规定不当则有阻碍公民实现民主权利之嫌。第四，在民主制度下，人大代表（尤其是直接选举的人大代表）、国会议员参与选举的过程，就是其能力的展示，若获当选即属选民对其能力的承认，因而不需要在相关法律中对人大代表、国会议员的能力条件作出规定。既然难以规定，没有法律规定的依据，自然就给执行者留下了很大的操作空间——自由裁量权。但另一方面，在长期自由裁量的过程中，渐渐会形成一些法律习惯。例如，在我国，虽然《选举法》没有规定人大代表的任期，但目前许多选举单位在全国人大代表的选举实践中已经形成了这样一种惯例：全国人大代表的任期通常为两届，而且鲜有连任两届之后隔届再次当选的。所以，从《选举法》的实施惯例来看，申纪兰连续十二届当选全国人大代表，的确是个特例。

另外，我想说她也是有自己的"反弹力"的。在大会上，面对媒体对此的质疑，她的回答就是："当人民代表，就要代表人民的利益，不能从自己的利益出发。我文化低，说不清楚。但这么多年，内心拥护的事，我就投票；不拥护的事，我就不投票。

"我觉得人民代表就是为人民说话，人民代表就是代表人民，人民代表就是要在人民中间。个人是渺小的，为人民办事，能办一件办一件，也不能每件都办成；能办多少办多少。当然，有办得不太圆满的地方。我是人，不是神，可是总是心里想办好。"

西沟党支部书记郭雪岗说："现在网络上有很多言论，当然我分析也不是全部针对老人家的，它是针对这些体制呀、制度呀什么的。我觉得，我们长治市就有责任和义务宣传申纪兰精神，我就提了这个建议。咱自己的人咱不宣传，网上炒得会更乱。比如说养老保险这块儿，申主任的意思是，和过去比，国家给了农民养老保险金了。她是跟过去比呢，有些人是拿外国跟中国比。

还有就是说不跟选民交流，她想表达的意思是，老百姓每天都看着我怎么做，我每天都生活在老百姓中间，选民想要选我，选我就行了。她的本意呢，是我不在选民里拉选票，或者弄什么小动作，是这么个意思。可是某些新闻媒体，尤其是网络里某些人偏偏就把老人家的意思曲解了。"

如数家珍

要从头说起1954年9月第一届全国人民代表大会第一次会议，申纪兰会告诉你：

"第一次，就是毛主席主持的会议，这第一声讲话就是毛主席。那会儿我就想见毛主席，原想着见不上，不想他就是主持会议的。哎呀，见了毛主席一次，晚上就不睡觉，可比过年好。

"毛主席讲话，要把社会主义建设好。毛主席那个讲话，可慎重哩，可重要呢。我们认真听，用心记。"

她又重复一遍："第一届全国人民代表大会就是毛主席主持的。"

接着又说："周总理作的《政府工作报告》，刘少奇作的关于宪法的报告。以后，每一次人代会我都参加。"

"每一次参加，我都是聚精会神。"

再问她："不同意也不好意思不举手吧？"

"不是吧，不同意你可以不举，这是民主。但是，整个参加会议的人70%都举手。当时，外国记者也参加了，会场里的情况，他们什么都知道。"

"这会儿按键，谁选举了谁，大家都不知道。只有投完票，宣布时候才知道。"

1978年第五届全国人大，西沟只有她去参会，没有了李顺达。从开人代会的角度讲，这是她的一个新阶段，也如她所言："遇上事也没有个人商量，觉着担子更重了。"

关于出席这届会议，她主要讲到华国锋、叶剑英。她说华国锋以前没当总理的时候也讲过话（作过报告），叶帅看上去还相对年轻，而他那一口岭南普通话让她听来多少有点儿吃力。

采访人以话赶话："华国锋作报告，你肯定能听懂，其他代表能不能听懂他的山西话？"真是有一些妇女间的拉家常的意思，越说越朴实。

申纪兰回答："那还能听不懂啊？他说的也不完全是山西话。"

采访人又问："华国锋是不是来过西沟？"

申纪兰说："来过。他不当主席以后来过西沟。他瞧见沟里有一段坝塌了，还很关心。他领着夫人韩芝俊来的，我和韩芝俊很熟，我俩都是全国妇联的执委。我也多次去过他家。2013年，我去看他们，韩芝俊说：'我是老干局局长。'这时孩子都退休了，她在家就当了'老干局局长'，开玩笑呢。

从老乡到老乡，这就谈到第六届全国人大的主持彭真，他是委员长。申纪兰说："他先是北京市委书记、市长，后来就成了委员长了。咱老乡，开会就见到他。

"六届人大选举的国家主席是李先念，总理是赵紫阳。

"赵紫阳也接见过我，是在什么时间来着？就是宣传十一届三中全会的大会上。那个时候，天津大邱庄倒富起来了，买了一个国家单位的大库房，专门空出来，把钢材都摆到里头。"

之后，说起七届人大，万里委员长主持大会，李鹏作报告。她又说起："万里讲南方话。"

转而又到了第七届人大三次会议，邓小平辞去国家军委主席一职，成立了中央顾问委员会，"也是在人大上通过的"。

接着又到了1993年第八届人大，乔石是委员长，"他讲普通话，新的委员长，时间也不长。这次是李鹏作报告"。

再一个阶段，即荣毅仁去世后，从1998年第九届人大开始，她成了唯一一位从第一届连任的人大代表。"我就想，怎的就剩我一个人了？

"这届朱镕基当了总理。朱镕基很能干，是个好管家，很利索，很严格。朱镕基作报告，听起来就知道他是位实干家。"

我曾写申纪兰生活清苦，就讲了朱镕基到西沟的故事。

申纪兰的生活很清苦。其实，整个西沟、整个平顺人的生活都很清苦。

有一次，来西沟考察的朱镕基总理提出要到她家看看。临进家，她反而停住对朱镕基总理说："朱总理，我家里穷，代表不了全村人的生活水平。"我们去过她当年住的屋子，虽不能说家徒四壁，却也简陋得可以。她向朱镕基总理讲的是实话。20世纪90年代中期，西沟人的生活已经有了一定的发展，而她多奔波在外，进家便忙着侍奉瞎了眼的婆婆，与大家伙儿比，还真的掉了队。

申纪兰说："等大家都富裕了，再考虑我自己。"这不是虚说。

"半年野菜半年糠，年年树叶顶口粮。"这是解放前西沟人的真实写照。不过到了21世纪的今天，也不能说太行山区的老百姓生活过得多富裕。如西沟人，至今都没有养出来吃菜的习惯。他们的日常饭食经常是清水煮玉米面疙瘩。我小时候在陵川最发愁的事之一，便是吃玉米面煮疙瘩，以至于多年后还写过一篇《忽然想起玉米面煮疙瘩之流》，其中一义，也是我离开太行山区来省城的一个原因：再不想吃玉米面煮疙瘩。

西沟这边，待一般客人的是和子饭：稀饭里煮几个拳头大的土豆，下几根面条，很不错了，因为你是客人。还是90年代，我们在西沟大队原民兵营长秦周则家吃过一次黄豆稀饭就烧饼，据说，是当地人待女婿、待贵宾的水平。我们很感动，也很伤感。我们曾问西沟人，为什么不吃菜，哪怕老咸菜切一盘也可以呀。谁知他们说，如果有了菜，饭就吃得多，结果是饭不少吃，菜也捎带了。而申纪兰的生活，比西沟人更清苦。有一天晚上，我们到她家采访，其时正值隆冬，我们一进门就见申纪兰坐在并没冒多少热气的火炉边，端着一只头号大茶缸吃晚饭。我们看了看，那竟是半缸子玉米糊糊，里面连玉米面煮疙瘩也没有。

申纪兰说："连续当了十届人大代表，我想，再一届咱也就不去了。我说留个纪念吧，大家就帮我跟胡锦涛总书记照了一张相。

"十届人大常委会委员长是吴邦国，也很能干。"

同是在第十届人大，她住的宾馆有一名司机说第一届人大时就给他们开过车。"他给我来了一封信，说他是山东人，讲了这个事后，说我这会儿还当代表呢，他已经退了。那是在东四宾馆，他开的车来接，我们都记得特别清楚。他没有来找我，我还对这个事很有印象哩。"

2008年，第十一届全国人大召开，委员长还是吴邦国，总理是温家宝。"咱还跟温总理照了相，他来了咱山西团，跟我说了一些话：'你多次参加人代会了，非常好，也罕见了。'"

说到第十二届全国人大第三次会议，她讲起王岐山到山西团参加讨论并讲话的事。

"王岐山来了后，李小鹏省长先发了言，我们下头有八九个代表发言，我是第五六个发的言。

"我说李克强总理作的报告是个好报告，代表了全国人民的心意，实事求是，成绩说够了，存在问题也说透了。报告关心千家万户，特别是关心农业、老山区问题，我非常拥护，非常满意。

"说完后提建议，我说：报告完全贯彻了十八届三中、四中全会精神，全面建成小康社会，全面依法治国，全面深化改革，全面从严治党。我们一定要以身作则，廉洁奉公，听党话，跟党走。

"王岐山也是咱山西人。他是跟马凯副总理来的山西团。马凯副总理对咱贫困山区也是非常关心。"

再听她说李克强："哪一届领导都很好啊，像今年（2014年）李克强到了咱团。我跟他握了手，又跟他照了相。他见我是妇女，还表示热烈祝贺三八节到来。"

申纪兰也曾提及她既是人大代表又是劳动模范的两种身份。

"人大代表是广泛的代表群众意见，反映群众意见，给群众办实事情；人大代表就是遵纪守法，执行国家政策和法律。群众有些什么事，比如山上要造林了，我们就提出意见，要国家给我们规划；农业上就是科学种田，有技术员来指导，这个都能反映。

"劳动模范跟这个性质不一样，劳动模范是劳动好，建设新农村也好，其他事情也好，跟人大代表是两个概念。

"劳动模范是劳动带头，起模范带头作用，带领群众走社会主义道路啊，群众办不到的咱能办到啊，群众不劳动咱能动员啊，这些事情都能办。

"劳动模范就是在实践当中劳动并带领群众，就像咱山上栽树，带领群众上山，河沟修堤，带领群众到沟里修堤，这就是起了劳动模范的带头作用。

"人大代表就是参政议政，劳动模范就是国家奖励。像李顺达在基层，带领太行山人民发扬了艰苦奋斗的精神，山上栽树、河沟修堤，这是劳动模范起到了带头作用。

"劳动模范是大家推选的，人大代表是大家投票才能当。劳模就不用投票。全国最高的奖励就是金星奖章，农业方面的，奖了四个，咱山西就带回来三个，而平顺就带回来两个，这就是模范带头作用。艰苦奋斗啊，带领群众啊，李顺达、郭玉恩都是在办初级社走合作化道路上的带头人。

"劳动模范如果不劳动就不是劳动模范，像模范干部、科学技术人员、先进生产者。劳动模范首先得劳动，带领群众，发展了生产，听党话，治山治沟。李顺达就是典型，1944年当上了劳动模范。1944年他就跟党走，响应党的号召，带领群众，他做出了突出的成绩，在全国影响很大。"

最后，申纪兰说八项规定。"我就很关心这一条。因为什么呢？毛主席说了：'贪污和浪费，是极大的犯罪。'你吃了不浪费，倒了就浪费了。

"像2013年，那些饭店就不行了，发不了财了。原来公款请客才去那儿。群众本来就很有意见，应该盯住这个问题。

"其实，一个人一顿吃一碗面，五块钱、十块钱，就行了。

你坐到那儿，弄上来一大桌，有的一盘就是几十块、几百块，那上一盘花的钱买上一袋面，能吃多长时间啊！一家人买上一袋面至少吃20天，他一个盘子就把这一袋面吃了。

"同理，你生产上不节约，不提倡艰苦奋斗，喊的是要奔小康，可你浪费了，那就肯定跟不上。

"八项规定，我都抄下来了，符合国情，符合民心，大家拥护，这就是走群众路线。

"我就觉着，我们的艰苦奋斗精神，就是到了共产主义社会也应该有。"

凡艰苦奋斗者，则不会膨胀。她举了自己的例子：

"那天来了一个人，他编了个戏。编得不好，因为编的就不是我的事实，假的，这不能骗人。他是为了卖票，有人瞧，虚假太大。我就不是那样的人，他能说成那样的人，我瞧了还伤心呢。我说：'这个不行，我只要是说上一句假话，那我就是欺骗了党，欺骗了群众，也欺骗了我自己。'

"共产党员，首先跟党保持一致，再教育人家。

"改革发展这样伟大的事业，跟党走到半截后离开就不够格，不应该。"

她很感激党对西沟的重视，如数家珍一般，把这些年来西沟视察的领导人又讲了一下：

"华国锋来过，朱镕基来过，胡锦涛来过，习近平来过，刘云山、姜春云来过。

"党总结我们发展西沟的经验。领导们很关心，农业部部长廖鲁言、华北局书记处书记李雪峰也来过。当时，陶鲁笳、李雪峰都在咱西沟栽了树，就在李顺达家老西沟底下。李雪峰栽的是一棵'红星'，后来树上的苹果又大又甜。陶鲁笳栽的是一棵

'国光'，长势也很旺。

"朱镕基是1994年来的，给我们开了一个座谈会，还给我们题了字。他一般不题字。人家都说了，他走了一路不多发言，到西沟就发言了。他瞧着咱这艰苦奋斗精神，还在东峪沟栽了一棵'总理树'。不但他栽了树，跟着一起下来的省领导、市领导、县领导也都跟着栽了'书记树'。

"朱镕基视察西沟后的第二年，来的是姜春云。姜春云也和我们开了座谈会。咱那会儿正办铁合金厂呢，困难多一些。后来他还到了咱农民的家里。

"姜春云3月来，李鹏4月来。李鹏来了，到了平顺县城，我去看他，人家接见了我。李鹏托我代问乡亲们好，给我签名留念，还给了我一个小纪念品——一个小闹钟，上头还有只金钱豹。那次朱琳也来了，她是个好人才，很能干。李鹏来，主要是视察山西化肥厂和平顺绿化先进村的。

"下来就是1995年，胡锦涛来了，专门来咱西沟视察。他参观了西沟展览馆，给我们题了字，还在党员活动室和我们开了座谈会，最后又视察了咱铁合金厂。胡锦涛希望我们搞好支部建设，要多培养年轻人。"

2009年，习近平到西沟看望申纪兰时强调："太行精神光耀千秋，纪兰精神代代相传。"

生命线

从我已搜集的资料情况看，申纪兰带到人大会上的建议、议案，是非常多的：关于"三农"，关于中国农村的医疗保障，关于耕地，关于荒山绿化，关于教育问题，关于妇女儿童权益，关于修路，关于人畜饮水，关于通电，等等，不一而足。

落实得好的案例并不少，对国家、对民族的发展她也有独特的贡献，穿插于其间的故事，亦发人深思。

众所周知，对她而言，突出的是"三农"问题，是土地问题。一方面，在她的眼里，现代农业有的地方搞得很好，"玉米秆子还不割了哩，一年庄稼两年闹，全国人民能吃饱，这就是最好的事情"；另一面，她深深忧虑各级干部们不够重视农业，粮食靠进口，"这就像过日子处邻家，会遇上处得好不好的问题，到邻家去借东西，人家和你关系不好恐怕就不会借给你"。她说看到好多人都不想谈农业了就很担心，说不重视农业将来要出大问题。她讲农业是国民经济的第一基础，就是科学家造卫星也得吃粮食，"还得营养价值高哩。楼高十八层，你在上头住三天不吃东西，早饿倒了"。实际上这都是一些大道至简的东西，而建立这种思想的情感基础就是土地。

所以说，她对土地的理解是一般人根本比不了的。"我反映最多的是土地问题，我到处反映，我在市里头也反映，现在引起了领导的重视。这不光是西沟的问题，代表着全市、全省、全国的问题，我就想到大方面，要都不爱护土地怎么办？现在农业上土地减少很多，当然建设占地是很厉害。修路是非修不行，必须占地，但是新农村建设尽量不要占好地，要都把好地占了，这就成了一个主要问题，有的省一年要'少出了一个县'，也就是一个县的耕地没了。"

就此，2007年时，我这样写道：

　　有不少来西沟参观或旅游的人，奇怪这大山里的交通之便：不管哪条沟，车子都可以顺利地进出。过去，我国有很多山区多年以来不通路，如老乡头一年买个猪娃抱上山，到第二年长成肥猪，却抬不下山来。还有山货运不出去，还有老人看病难，还有孩子们上学难，诸如此类。

　　2001 年，申纪兰在全国人代会上正式提出议案，请政府关注山区的交通建设。现在，在我国广大山区已基本上实现了村村通水泥路、村村通班车。至于西沟，自是"近水楼台"，来得或更快更早了些。

　　那天上午我们在西沟的第二项，是跟着申纪兰参观社会主义新农村建设。在展示"老村变成的新农村"时，她指着一排排高大结实的村民新居说："将军楼啊！"的确，有不少人家的高门大院确乎有某些将军楼的规模与气派。她又加了一句现阶段她常讲的名言："贫穷不是社会主义。"

　　但更让人肃然起敬的，却是她讲的这段话：

　　"围绕农村越来越多的土地纠纷，我提出了保护土地的议案。中国人这样多，土地可是命根子。没有地长庄稼，大家吃什么？我们那时候开出点地来多不容易，现在说占就占了。还有很多人都不知道保护土地，就知道占地盖房。农民也占地，干部也占地。我提了保护土地的议案，连国家都给了答复。关于新农村建设，我又提了保护耕地的议案：建设新农村不能光占地盖新房，太浪费了，得把老村改成新农村才行。一句话，社会主义新农村建设不能侵占耕地。"

　　她讲得很客观，经验、教训，正、反两方面都有。

　　"这会儿把地都盖成房子了，这个房子上再长不出东西来了吧？当然，你要把这个旧村拆了再盖成新的，不损害土地，房子也建设好了，这行。像我们沙地栈就是，把旧房拆了再改成新房，我那三间房改成了六间。划得来。那我要去村里批块儿地，他们还不批给我呀？

"我就知道土地少。可是有些群众呢，管你少不少，这个房子就是我的，土地是大家伙儿的，先占了，将来我还指不定要不要造房子呢。差不多都是这个态度。所以，这个教育工作如果跟不上，也是个很大的问题。

"树林里头吧，他就占不了，再说，群众也不愿意上去。要说占耕地呀，群众还有点儿跟我闹对立呢。有时候村里想批点地就只等我走了，我一走就赶紧批，我回来了就不批了。那时候我就发现了这个情况。我也和他们说，咱西沟能垫点地出来多不容易呀。"

申纪兰开始当的是西沟合作社的副社长，其后，包括当省妇联主席那十年，她一直当着西沟村党总支副书记，正如人家在采访她时所讲："你开始给李顺达当副手，后来又给比你年轻的人当副手，你这个副手可是不好当呀。"

申纪兰说："可不好当。我就感到，我这个副职是个助手。我一直是个助手，付出、帮忙、合作。往前点吧，也不很好；往后退点吧，也退不下来。难呢，有时候自己还得主动吃点亏。以前李顺达在的时候，那跟着他就行了。这会儿，还又得多操心。"

1953年8月，平顺全县划分为101个乡，西沟、南赛、池底三个村合并为西沟乡。

1953年后，西沟历任党总支书记：马何则、李顺达、张俊虎、胡买松、张高明、王根考、郭雪岗。

在村上，她和这么多人搭班子打交道，后来大家对她肯定都是很尊重的，但就村里的发展，并非哪一任村支书、村主任必须完全听她的，就村里修路占地这个问题，当初她和张高明的思想就不统一。

申纪兰说："天天说，他也不听。他觉得，你是副职，说了不算。"

"我说：'不要占了耕地，不要占了口粮地。'张高明不同意，就有了矛盾。于是我就不言语了，我要再说，一晚上也下不了会。"

我问："最后还是听了张高明的了？"

申纪兰说："那当然是，人家就执行了。我说：'该停退的停退，不该停退的不要停退。'因为咱这儿地少，人家那地多的地方倒不一样了。这个修路项目还是咱争取上的，结果占了20亩地，也没有出钱给群众补上。"

当然情况也有相反的时候。郭雪岗就讲："有一次，县交通局找她来了，说这边的路需要扩一点，要规划哩，会占点耕地。可她就不让。我还和她说呢：'人家这是县里要规划吧，你自己一天天的不还说：大路大富，小路小富，不修路，就不富？'反正，她不点这头，就因为占到了耕地。她天天说修路，但又说，修啥也不能占耕地。她就有这样一种很强的保护耕地意识。"

申纪兰说："支部书记里，张高明说话有威力。王根考谋得不多，可是人家有主张，总是人家说了算。

"我配合这些'一把手'，难呀。有时候还得吃点亏吃点苦，受点委屈，说了不算就不算吧。"

接下来，她又说了一段心里话："有时候在会上定了的事情，有了矛盾了，晚上我总要反思反思。人家是'一把手'，你就不能跟人家对着干，提建议是可以的，跟他合作。谁当上'一把手'，我就要维护他。我要不维护他，他就干不成。你说，我要真到下头活动活动，他就干不成不是？可是咱还得配合人家，就为了西沟的发展。"

就这样，这位特殊的副职，配合了一代又一代"一把手"的工作。

"说老实话，我省省事儿，在省妇联退了，我就是个老干部。有一个来参观的小青年说了一句话，让我很感动。他说：'你这位老人家呀，你付出了多大代价呀，人家50多岁就退休了，你在这又多工作了30多年，你还跟着负责呢。还负责，还副职。'就让我很感动。"

围绕着这片土地，永远会有矛盾纠织，每一代人对土地的理解也不尽相同。但她又能以最好的态度，积极配合一代代新人，"还负责，还副职"，不是也让我们很感动？

而这里又谈到重回全国人民代表大会，她说：

"真正的农民代表啊，后来就不多了，很多都是干企业的代表。你瞧，好多原来是农村的人，其实就不干农活儿了。像韩长安（山西潞宝新能源集团董事长，第九、第十、第十一届全国人大代表），人家就是企业家，也是农村代表。就说华西村吧，人家是天下第一村，反倒没农业了，全部是工业。我去了就没见他们有什么农业，人家是在东北种地哩，那还是什么农村？代表不了农村了。

"这我就想，全国8亿农民，农业是基础，现在吃饱了，还要叫住好。住好就要规划好，你不能占了耕地规划。把旧村拆了建新房，也是新农村建设。这个建议，提了不是一次两次，在研讨'十一五'规划时，我就提了好几次。

"我们发展农业科学技术，让把地种好，但是地少了，科学也不很好搞。"

"地少了，科学也不很好搞"，这句话经典。

再说山村修路。"路不通，你首先规划好。还是不要非占耕地不可，你不占耕地也能把路修通了。还要根据实际出发，该修的就修，该占的才占。修高速路，非占地不可，其他呢，这个路双车能走过去就行了，修太宽就浪费了。我就感到，这个修路应该是大路大修，小路小修，还能三排车一起走啊？"

第十届人大一次会议上，提得最多的议案就是关于"三农"问题，收到议案1374件。

申纪兰说："'三农'问题，大家意见很多。大家都说，总是往其他地方投资，不爱投资'三农'。我也是这么提的，我们还签了名。后来中央采纳了。

"农村、农业、农民，国家已经给予了很多方面的实惠，不缴粮纳税以后，还给了'低保'。2004年十届人大二次会议，我就针对农业科学技术提了一些建议，比如说禁止出现假农药、假种子这些害农民的东西。

"像老山区怎么解决农民待遇问题啦，都提。

"2008年十一届全国人大，我提出的是关于退耕还林的建议，具体是'地多的地方，退耕还林好；地少的地方，还是不要都退耕还林。该退的退，不该退的还是要种好地，不要图省事'。这个中央也做了答复。"

还真是这样，既要保护好土地，还要保护好林木。对此，她旗帜鲜明地说："你搞建设，不论公家个人，不能占耕地，也不能占树林。"

她心疼耕地最有名的话是："损害一分地，那是大家的生命问题，我就看到了这条生命线。"

她心疼林地最有名的话是："树长成这样不容易，损害一棵树，就跟损害自己的腿一样。"

这也是她最切身的感受，在山上栽树撒种，在沟里垫地培土，她吃遍了苦，流尽了汗。

向中央建言

通过对资料的爬梳剔抉，我发现，一个议案（也包括建议）的形成是要下一番功夫的，有时甚至要准备一年，用申纪兰的话是："我们早早做准备，调查了，省里再通过了。"弄那么多，也必然花费她很多心思、占用她很多时间，尽管她的议案主要围绕"三农"问题展开。

这一点，赵瑜比写过她的很多朋友都调查、落实得更早。

从1978年第五届人大开始，代表们就要分别拿出议案和建议来。

申纪兰每次上会都要拿好几个。"有代表县上的，有代表企业上的。企业上这些，我要走访、视察了才落实。再是瞧瞧县委有什么，乡里有什么，村里有什么，我都带上。农民这些事情，我总是都要有所反映。"

建议，一个代表就能提；议案，是联名的，最后得省里通过，才能带上去。

"咱们不管怎么的，当代表呢，就是要出于公心，代表群众的利益。有极少数人当了代表也不给人民办事情。我这个代表呢，是全国人民都认得我了，都也了解我了，都来找我反映问题。"

到提交议案这一级，程序上更规范更严格，但她反映的问题本质上则无差别，还是前面说到的农业问题、耕地问题、环境卫生问题、合作医疗问题、山乡教育问题等。

提到上会前的具体操作，她说："比如我对平顺的这个议案，我是领衔代表，我就联系其他代表，说我是平顺的，我们这里需要修一条路，其他代表看见这个建议很好，就给你签字。议案最后是由省代表团集体提的，一个议案得有十来个人签字，大家也都是这个情况。议案有多少可以提多少，但是要有个标准，我们每次到北京前，都要听山西省政府的报告，再下来互相走动，带上大家的意见。"

其他有代表性的问题，主要有男女平等、保护妇女儿童合法权益等。

2004年第十届人大二次会议，申纪兰参与提出了两个议案，一个是关于"三农"问题，一个是整治黑网吧。

在第十届全国人大五次会议之前，申纪兰跑了7个村共50多户人家。"经济要上个新台阶，我们就要'九牛旁拖，各个出力'。""经济发展越快越要关心，贫困户的事要说，干部的工作作风问题要说。

"20世纪90年代时，有一条政策，就是25度以上的坡全部退耕还林。我们西沟大多数土地都在这以上。怎么退，退了农民吃甚？前几年全国人大会议小组审议时，我就提出这一点，说了自己的看法。胡锦涛总书记说：'作为山区来讲，既要因地制宜，也要保证粮食自给，这一点很重要。'后来中央下达的文件就强调因地制宜，不搞'一刀切'了。党中央是非常重视我们农民代表的意见的。"

2020年春天，在山西新冠肺炎疫情基本得到控制后，我便去了一趟西沟。

西沟的其中一个变化，是新的西沟展览馆基本上建成。西沟党支部书记郭雪岗和纪兰党校教育基地的主任成泽接待了我。

郭雪岗说："新的西沟展览馆的建设得到了省人大的很多帮助。"

又特别告诉我，省人大常委会副主任郭迎光向他们讲，现在省人大存有申纪兰历年来参加各级"两会"的500多个建议、议案和提案。500多个啊！这500多个，省人大已决定适时把它们放入新的西沟展览馆，陈列展出。

村党支部书记郭雪岗说："申主任为咱长治做的贡献太大了。长治到邯郸这条高速路，然后长治到安阳的高速路，包括长治到北京的直达火车，如果不是她老人家一直争取，不知道还要过多久才会有。"

郭雪岗接着讲："申主任提的那些建议、议案，就是反映老百姓的生活。老人家太了解老百姓了，老百姓吃什么、穿什么，有哪些花销，都知道。包括谁家娶媳妇了，谁跟我借钱了，我能借给他多少，心里很清楚、很明白。

"那个合作医疗是大好事，老百姓有病了，也能有一大部分的报销，但有一点不好，申主任就说：'咱们平顺吧，山大沟深，好多人在外头搞副业，个人不是每年要缴钱呢。像老人吧，每年都要吃个药的，像年轻人，他就很少吃药，或者不吃药。可是，合作医疗每年都要返还一定金额，不买药用了过期就作废了。所以，有一种现象就是每到年底，就有不少人用麻袋背药，不管这个药有用没用，就用这个小麻袋背上药就走了，反正把这个合作医疗上的钱花光了就行。'

"对这个事情，申主任说：'哪怕给他转到下一年呢，这不是也不浪费吗？咱资金也利用起来了？钱搁在他账上，没有浪费，可是背回去这么些药，时间长了，不是都浪费了？'她就提这个合理化建议。

"再一个，就是新农村建设。现在有一个现象，是把原来这个地方的房子全给扔了，新房子全盖在别处，原来的村子就成了'中空村''空心村'，没有一个合理的规划。老人家就老说这个事情。"

从第一届到第十一届——如今的人民代表申纪兰，不仅能通读报纸，听新闻，读新闻，解政策，而且她提出的议案能广泛引起关注，她还当面向总理提建议。申纪兰说："现在的人大代表，文化程度和参政议政水平越来越高。作为农民代表，要代表咱农民说话，就要不断学习，不断开阔视野，从起初只提一些身边最贴近的问题，逐渐上升到关心国计民生的大问题，如关于农村并校问题；新农村建设要因地制宜，不能'一刀切'；还有农村高速公路建设问题……"

她将带着这些经过调研提出的议案，向中央建言。

这是我以前所写。

从黑网吧到西沟人家

曾有某个网络女记者，盯住申纪兰揭黑网吧问题进行自我炒作，写了一些不负责的消息和报道。

对此，申纪兰说："大部分记者都是好的，但是这几年这个采访，特别在网上这个，我就觉着不负责任。以前的记者，是帮助你往哪说，怎么好怎么说。这会儿呢，你要是说差哪句话，他就抓住不放，专门往下追。"适应这种采访，有点儿出难题。"后来我有经验了，我就不说。开会回来，农村人都跟我说：'你出去就不要跟他们说了，有些记者就不好。'群众还这样的态度呢。他（她）为了自己个人发展乱写，你能跟他说得清？所以，对这个情况，团里专门安排集体采访，我说了以后，哎呀，大家热烈鼓掌。我说的都是农民代表的话，实事求是。我说，网吧也得有人管哩，像那个黑网吧开了，有些学生家长就找不见孩子了。北大、清华门口就有网吧，学生到那儿吃了饭，晚上不回去，老师也找不到学生了。咱是提这个的，咱也不是说人家这个网吧都不好，正规的还是应该好好地对待。像那个记者就跟到门口，我还没有搁下东西，她就问我，我说：'我还没有放下东西哩。'她就很有意见。像今年（2014年），她倒又去了。今年比较严格，团里头就不叫接受个人采访。我们是集体接待，有专门的接待人。"

申纪兰说："这些议案，你要对工作负责任就提，不提也行。人家那么信任咱，每年快到我开会走时，全国各地给我来信的特别多，都是反映问题的。"

还有个记者，也专找申纪兰的毛病，"在北京采访了，又来家里采访"。这说的是当年她关于合作房地产进行股份制分配的议案。这个记者就认为，申纪兰在中间肯定是挣了大钱、发了财。

申纪兰说："我们家里头这些人给他回答的，比我还回答得好。他找不见想要的东西了，只好走了。你瞧，还有这种别有用心的。你不访问就行了，又没有叫你来，你为什么不相信党、不相信群众，还专门跑来家里头采访？

"他说，好像咱有私心，跟这个有股份、跟那个有股份。家里头的支委说：'她有股份，都是为了集体，给我们弄的，现在，不合理的股份都不合作了。她是为集体的，她个人没有占一点股。'

"他也不想想，咱认为弄得不合理的，早就断了关系了。有原则吧，咱跟他要犯错误，就是为了集体也不能弄。不管集体还是个人，哪怕穷些，也都不能有违法乱纪现象。我们不要这个股也不能叫他瞎弄。

"那个记者来了两次，他就为了找一些反面的东西，为了能突出他自己。"

郭雪岗说："申主任常常对记者说：'不要老宣传我了，就宣传西沟吧，宣传西沟党支部。'在这方面，她很谦虚。但从我的角度来讲，我就觉得申主任对记者很好啊，凡来的记者，她可以说都是认真地、热情地来接待。每一个记者，不管你是大报的也好小报的也好，电视台也一样，申主任都非常重视，非常热情地欢迎，并且在采访时会很认真地回答记者的提问。

"可是，最近一段时间，她有点怕这些记者，但是对《人民日报》、新华社、《山西日报》和《长治日报》的记者，她还是一样。主要是对一些网络记者、一些小报记者，她就害怕呢。"

那些有目的的记者来采访什么？他们关心纪兰商务有限公司，搞房地产的，属民营性质。"想发展哩，就利用咱这个名字，想沾光，打点幌子。当然是集体跟他合作的，不是个人，都是党支部决定的事情。咱觉着不行，赶快跟他断了关系。"

这名记者从北京找申纪兰采访，而后两次到西沟，还真不是简单的事件。虽说社会上还未闹到纷纷扬扬的地步，但那当时关于申纪兰也多有风传，什么高官厚禄、盆满钵满，不一而足。

省人大常委会原主任卢功勋就对此做过调查和处理。卢功勋讲，当时他就拿到一堆告她的材料："中间有一年，告状告到省纪检委了。省纪检委把材料转给了我，里面说她家里都是大官，儿子当什么科长（她老头子原来是武装部干部，不是大官），说她是搞房地产的，一堆材料。我对申纪兰很关注，我去给她落实的。当时改革开放以后，以她的名义搞过西沟饭店啊、弄的什么公司啊，都是给村里弄的，为了集体。我说不理他，没有再叫他们往下弄，也没有弄清楚告状的人是谁。申纪兰不得罪人，人非常善良。"

社会是复杂的，树大招风。以她的地位和影响，在今日的商业社会，自然也会被当成围猎的目标。就此，她一口气说了好几件事。

有一年，无锡几个人想来山西倒煤炭，但又苦于弄不到车皮指标。他们听说申纪兰和许多大领导关系好，便托人来找，邀请申纪兰去做他们公司的董事长。来人还拿出已给申纪兰印好的名片，说别的不要她管，只要她弄到车皮，每月酬金至少1万元。

申纪兰说："我越听越不对味，就以'顾不上'为由推掉了。他们要我干什么？出去行贿，买车皮。"他们想的当然是利用她在社会上的名气。

还有一个推销员来找申纪兰，向西沟硅铁厂推销产品。他一开口便要给申纪兰30%的回扣。一听有回扣，申纪兰就不和他谈了。推销员以为申纪兰嫌少，于是又掏出一沓现金。

这一段，申纪兰讲起来最是绘声绘色："这个推销员可不歪哩，说他有情义，讲他的产品是质量第一、价格公道。一开始，他就想我不像个厂长，也没有穿西装，家里也没有个沙发。我正做饭哩，他说：'哎，申厂长在不在？'我说：'你有甚？说吧。'他瞧了瞧走了，赶后来，又返回来了：'申厂长在家不在？'我说：'我跟你说话，你倒走了。'他说：'我是个推销员，我这个配电盘质量好。'我说：'只要价格公道、质量第一就行。'他说：'不但质量好，价格也特别公道，我还有30%的奖励费。'人家那会儿倒精了。我说：'我就没有见过买东西还受奖励的，我不要。只要价格公道就行，不要什么奖励。'那个人还给我拿出来点钱。我说：'要这样，咱就不干了，你走吧。'后来，他把钱都收了，又把东西送来了，还写了一封信：'我是一个推销员，也是一个新党员，我走了大半个中国，没有见过像你这样一个同志。你是个忠厚老实人，什么也不要。我要好好向你学习。'这也感动我了，我就觉着对人家态度不太好，本来给人家讲清就行了。两人共了一回事，他也是挺好的一个年轻人。"

这个事，申纪兰实际上也"倒精了"，最后她压价压了40%。

西沟铁合金厂刚建成的时候产品热销，有人找到申纪兰，提出要一下买1200吨产品，说每吨给她几十元的好处费。

申纪兰说："一斤也不能卖给你。我从来不跟你们这种鬼鬼祟祟的人打交道。

"有时候，他们这些人嘴里说得很好听，好像挺近人情。有一回，铁合金厂进了一批铜瓦。为了巩固业务，那边厂家派人悄悄给我送来几百块钱，说是让我补补身体。我说：'我吃了一辈子五谷杂粮，身体很好，不需要补养。'

"挣钱如吃饭，一碗正合适，吃多了就会伤身体。"

有人跟她讲："可有些钱本来是你应该得到的，你也放弃了。比如，每年你外出开会，为地方和乡亲们办事，乘车、住宿都花费不少，可你从来没有在集体的账上报销过一次，领过一分钱补助。你经常被各地请去作报告、讲党课，也不要报酬，还不收纪念品。有的钱，是人家随后寄来的，可你原封不动地又给人家寄了回去。你经济并不宽裕，却又常常捐一些钱出来：前些年长治市农村中小学危房改造，你卖玉米的1000块钱都捐到了工程上。"

在市场经济的大潮中冲浪搏击，即使是精明的商人也免不了"缴学费"。

西沟人家，是带有西沟风土人情的地方特色饭店，宣传西沟和李顺达、申纪兰，服务员女孩穿农家衣。申纪兰也很关心，开始约在1999年，第一家西沟人家就在省晋剧院大院里，曾经挺火。申纪兰曾说过："后来又开大了，光服务员就400多个。"当时，在晋剧院这边，我和一帮子朋友，就曾多次去喝酒、吃晋东南土菜。

张简（化名），西沟人，20世纪70年代初，随招工来了晋祠宾馆。他们那一批，在平顺招了好几个。

1977年，我来太原后，被抽到晋祠宾馆劳动，这倒认识了张简。她好像是负责1号楼的。这1号楼是山西招待高级宾客的地方。

那时，昔阳人、平顺人在山西省机关事务管理局系统差不多就是"含有金钥匙"，典型的根正苗红。张简又是西沟人，那更不同，大家就知道她思想好，精明能干。

张简后来调到省人大招待所当所长（或是副所长），大家也没有觉得有多奇怪。要说起来，她就是跟着李顺达、申纪兰长大的，还有比这个更可靠、更保险的吗？后来，张简开了饭店，又开了西沟人家。

申纪兰说："一开始她自己开了个饭店，不怎么行，她返回来跟咱西沟支部说，以西沟的名义开，既宣传了西沟，对她也影响好点儿，咱支部就同意了。还说开一家给咱5万块钱，咱也有点利了，她也发展了。结果，她开一处很好，红红火火，开两处也很好，但最后她说钱少，不给咱钱。她后来又开大了，光服务员就400多个。她很会管理，开了个大的，什么都有，结果也不给咱钱。我说：'张简，你怎么也得给群众点福利吧？你把李顺达的像也安到那儿了，什么也都在那儿，影响也大，可咱群众也得不到啥实惠，你一直也没有给西沟钱。'她说：'等我挣了钱，一定给一定给。'结果，也没有给。

"她还经常回来，也很会说话，还说过帮助咱西沟发展旅游哩。她原来在省人大，省人大管得严，停薪留职了，后来才离开。再后来就退休了，彻底办了手续。她当过晋祠宾馆管理人员，还在迎泽宾馆、海子边那面的山西饭店工作过，她有管理能力，也热爱这方面的工作。

"可她就是不给咱西沟钱。这都多少年了？这不是咱一个人的问题，是西沟群众得不到实惠。

"嗯，她就是要咱这个面子呢。西沟人家原来有个任务，是接受那些老头子老婆子中午去她那儿吃饭。"

申纪兰叹一口气，说："总是想为西沟办点事，有的是没办成。要是什么事都办成了，那倒不得了了。"

"摸着石头过河，还多少缴过'学费'吧？"我问。

"像有些小厂，忙上一阵儿，没有办成。有的上了，很不行，淘汰了。

"说实话，你没有资源就不能办，没有交通也不能办，弄起来最后也会倒台。

"有个磁材厂，就是吸铁石厂，倒闭了。当时办起来就不行，那是到江苏那边买原料呢。实际是让人糊弄了，咱本来就不行，他说能行，咱也没有多调查，弄出来倒把钱亏到里头了。南方运回来材料多远？咱再卖出去，就不行。

"还有个坩埚厂，就是炼铁用那个坩埚也垒起来了。弄了两天，也不行，销路不行。可人家壶关那个就行。咱这就不行。

"这两个厂，特别是那个吸铁石厂，不应该弄，损害了集体的利益。"

造福家乡

为平顺造福，为乡里造福，为西沟造福，她一刻不怠慢，尽心竭力，废寝忘食。

"我们县里的妇幼保健站，就是我争取下来的。我们是贫困县，当时的县委书记是王增岩，他和我说：'纪兰同志，你一直给平顺办好事办实事，你还要关心办一办县妇幼保健站，这是妇女儿童的切身利益，是大事情。'

"这个，我就直接到了省卫生厅，把妇幼保健站这个任务完成了。

"给全县妇女儿童办了个妇幼保健站。人家还给了车，给了计划，给了钱，教他们搞好这个妇幼保健站。

"这是二三十年前的事了，咱个人又没有享受过他们一点好处，就是一个原则，给群众办实事就行。我也只有这一个想法，没有再多的想法，比如为了出名，为了什么的。你办不了这些事也没办法，群众享受不到国家待遇，能办了这些事，给老百姓带来好处。

"另一件事是合作医疗。当时，那些富裕县倒吃上两年了，都享受上了。人家县里有钱，能拿得出来，你这个县里得省里先垫底，老百姓才能享受，一年总能享受六七百万元。

"后来，我就跟咱县委、县政府沟通，说：'人家都享受了两年了，咱平顺连这个还办不了。'平顺主要是没钱。后来我跟王辅岗讲，他当时是县委书记。我说：'你想办法，怎也得解决了这个钱，哪怕其他松松哩，这是个救命的问题。'县里头同意了。

"落实的时候，省卫生厅说'就没有平顺的计划'，我就又去了省卫生厅。见我去了，人家都说：'哎呀，您怎么来了？您要没事可不来。'我说了后，他们说：'哎，想办法也得给你列上；也应该的，还是贫困县，这是群众的利益。'卫生厅厅长特别支持，这样才解决了。可是比起人家富裕县，平顺晚享受了两年。"

多年里，平顺的电力问题也耗费了她很多心血。

"平顺山区的用电也有我的贡献。大的，是给县里要来一个22万伏的变电站。那会儿，全县没有变电站。这是省里给的钱。西沟下面的石府头村那儿也有一个变电站，是个10千伏的。只是太小，没多少电，覆盖不了几个地方。这个也是我跟市里要下来的。"

申纪兰当年在村里办的硅铁厂最后不能继续搞下去，其中一个重要原因就是耗电量过大。当然，也因为高污染，国家要求关停。

"我们搞企业，10千伏的变电站就不行。还得是3.5万伏的变电站，三条线，那个标号最高，少了就顶不住。"

说起这些来，一般人比较吃惊："你还懂得这个？"

申纪兰说："我们实行电气化，没有这个'库房'不行，这就跟咱那个粮仓一样，收回粮食来了得有个库房。这个用电也得有这个'库房'。瞧，咱的大的是22万伏，没有这个，电就给你送不上。

"我一直在农村调查，懂得了这些，知道了不少事情。

"这个22万伏的，倒也好多年了。"

申纪兰说："零零碎碎，吃水问题，瞧病难，咱都能给办了。路走不通，也修通了，这就行了。

"还要多少？一个人，有多大本事啊？有一段时间，成天跑引资，还去了新疆。这是县里头的事。

"嗯，哪里叫就去哪里，给县里弄的事情不少。

"像县里的修路工程，有老板来，是我出面跟他们两相搭的伙。

"跟山东有项目，我也去过，最后也没弄成。

"像跟张家港那面合作，在平顺是个好项目，结果人家后来不来了。这是出口的一个项目，省里也是想要，是运煤的，结果省里没有弄成，把咱也耽搁了。"

前文说新冠肺炎疫情得到控制后我去了趟西沟，印象最深的就是路好走了。开车从长治出发，沿高速公路，一会儿就到了。

这条长治至平顺的高速路，2013年5月正式投入运营，极大地缓解了周边（包括河南林州、安阳和河北邯郸等地）交通运输的拥堵，如从长治环城段到山西与河南的省界交汇地，仅需半个小时。

而修建这条高速路，申纪兰做出了很大贡献。记着十多年前我第一次到西沟，她也是快80岁的人了，仅一个上午，除我这个采访者之外，她还接待了四拨来西沟参观、学习的大小团队。握手，拍照，讲话，送行，她春风满面，一样儿不落。单说展览馆前那数十个高台阶，她噌噌噌往上跨，我跟在她身后气喘如牛，很快就被落下一大截。可就在当天晚上，我又在平顺县宾馆见到她和当时的平顺县委书记商量修高速公路的事。

这后来，大家基本也知道了。为这条高速路的落成，光人大这条线她就做了不少工作，有些地方甚至是决定性的。这和她一直提的村村通水泥路类似。她讲："修路要特别说。"而国家决策村村通水泥路时，时任交通部部长的张春贤还专门到平顺考察过。

"像平顺这高速路，村村通水泥路，平顺县解决吃水问题，虽然是县委的领导，但也有我的努力。我在北京开会呢，人家就认我这个代表。我就去了发改委，之后就立了项。"

有难事，才来找

诚如赵瑜所言，因为申纪兰是大名鼎鼎的人民代表，所以十里八乡，包括河南、安徽、四川等地，有个什么都有去找她的情况，通过她解决了好多。往往是喊着"大姐啊，我来了"，就到申纪兰面前了，有的一见她就扑通给跪下了。人来了，她就不会漠视不管，或者应付了事，也不会想着怎么把人支走。一般，了解情况后，凡她能转的，都会转给有关部门，比如转给四川省司法厅什么的，当然，还要附上自己的信件。

她可怜这些来访者，他们多是受了冤枉的穷人，她有时还给钱、给路费。

申纪兰说："现在，全国各地都有人跑来找我，河南、江西、辽宁、河北、云南、浙江、四川、黑龙江……我说你们不会找你们当地的人大代表呀？他们说我们找不到呀，'那些代表都是领导，我们找到也见不上。就你最好找，到了西沟一下就找到了'。

"不少人反映的情况很严重。可我哪里管得了呀。我归了归类，最多的是司法不公，还有这些年征地损害了农民的利益。我也没办法替他们解决，只能把他们的信转到有关部门。

"一次，有三个外地的妇女找来申冤，一来就跪在了地上。我安排她们吃了饭，在村里住下。第二天早上，我一开门。见她们又齐刷刷地跪在了门口。我赶忙把她们扶起来，说：'你们不要跪，我是人，又不是庙里的泥胎。你们可以把材料留下，我一定帮你们反映。'后来到省里开会，我找到她们那里的一位法官，把材料转了出去。

"吕梁山区有一位妇女，丈夫吃了冤枉官司，她告状无门，在电视上看到我和省领导开会的镜头后，就坐了两天车找上门来。我知道她实在没办法，不光招待她吃喝，还给了她些钱让她当路费。

"四川一个60多岁的农村妇女找来，说女儿被县里一位领导的儿子霸占了，丈夫上访告状反倒被活活打死了。九届全国人大三次会议上，我把她的告状信转交给了有关部门。我回来后不久，就收到了这个农村妇女的感谢信。

"他们大部分人都是遇上不好解决的难事，通过看报纸、看电视，知道我参加了全国、省里的人代会，和中央的、省里的领导在一起，想着找农民代表能说上话。人大代表，是一条反映问题的渠道。

　　"我这个代表呢，是全国人民都认得我了，也都了解我了。他们来找我反映问题，像井冈山的来找我，贵州的也来找我。这就不能登报，要登报了，我晚上连党也不用睡了。有个法制报的要给我登，我可不能叫他登。我不同意他吧，可他还是来了。我哪能管得了江苏的问题、江西的问题，还得靠当地的代表。现在，还是有官僚啊，当地的就不管。如果当地管了，他又何必来这儿？"

　　有个告状人，买了房但卖主不给他腾出来，也不退钱，他就起诉到了法院，法院也判了，可是执行不了。就来了西沟，女人跪在那儿给她磕头，一通大哭："哎呀，你管管吧，你当的代表呀。"

　　申纪兰就说："你把材料放下吧，我给你转上就行了。"

　　她说："我只能这样，我不能去调查，也不能瞎说。"

　　辽宁有个大学生在外打工，不幸成了植物人，但没有人管。后来有人找到她说了情况，她就把问题反映到最高人民法院。最高人民法院专门派人处理这件事，赔偿了大学生20万元。

　　"他爸又来感谢我，我说：'快走吧，不用感谢，弄好了就行了，这是党给你解决的，又不是我给你解决的。'"

　　的确，如她所说，每年她要去北京开"两会"前的这段时间，全国各地的来信会特别多，向她反映的问题也千差万别。她关心人的事还更多些，有退休早的老干部退休工资太低，有民办教员想要转正等，她都通过自己的努力，包括写证明材料等，帮助他们把困扰了多年的问题解决了。

　　但也如赵瑜说，她从来不主动去管她不了解的事情。

　　"比如河南人来找他，人家说不出个黑白，她就管不了，她就把这个事转交相关部门。"申纪兰很注重分寸，尽量做到不越界。

还有一些琐碎零散的事，如有些部队干部下放时，地方却不好好安排。她就提建议："他们在部队也是出过力的，回来应该跟地方干部一样安排。

"他们都是有难事才来找你，办不了才来找你。我说：'我是没人站岗，我是个农民，你就能见了我。但办不办得了，这不是我能决定的，我能给你反映就行了。'

"我说你到当地找找，他们说当地不行。

"还有严重的，有的人命案都没人管。我呢，起码也要给他反映到当地，给他转到当地。解决得了、解决不了，我不能继续送材料去，人家没有人组织我，我去了也不好。

"天南海北，往村里送材料的人多了。我说你们送给当地组织吧，可是我说了也不管用。

"他们都说'你名气大，你说话管用'。

"我说：'你送的材料，也不一定全面。你说你有理，我又没调查，总得对方也来说才行。我双方都听了，才能看这个事情对不对，我不能光听你一个人说呀，我得调查。再一个，我材料可以送，可不一定管用呀，我做事凭良心。'"

申纪兰说："代表人民群众是反映大问题，一家一户的问题也很多。我反映了他们的问题，相关部门都有答复，法院、高院都有跟我通信。"

下 篇

土地下放

中共十一届三中全会以后，农村全面实行土地承包责任制，是历史性的转折。

申纪兰说："我们西沟，还是双层经营，就是个人口粮田都放了，集体的林坡、财产，还都是大家的。"

1982年，中央一号文件发布，农村实行土地下放政策。"西沟动手相对晚，咱是1983年下放的。"申纪兰说。

全国农业上的老先进旗帜，在此问题上却比较犹豫，一个很大的原因是西沟的集体经济比重大，是一般的北方农村所不能比的。别的不提，光说林木："我们2万多亩林地，一棵树一块钱，我们是户均万元。"到开始下放土地这一天，西沟的集体经济可谓兵强马壮，"大汽车还有好几挂呢"，可是，"这是统一任务，一个桌子、一个戳子都分光了"。

开始，"摸着石头过河"，这不只是对申纪兰个人的挑战，对村支部、村委会和村民而言也是严峻的挑战。对此，申纪兰讲过一段非常精辟的话：

"社会主义要没有集体因素，叫什么社会主义？西沟党支部，过去就是因为穷才走上了合作化道路，互助组、初级社、高级社。还是组织起来力量大，改天换地。过去就是一户一家，那个还用学？不用学就行。"

后来，关于西沟土地下放一直有一个误传，说他们在一个叫小井垴的自然村先搞了一个试验，还被写在某些研究西沟的书里。

申纪兰回答得很直接："没有，没有在那儿搞试验。"

她接着说："咱是一起下放的，这个牲口也处理了。汽车没有分，还是集体的。拖拉机分了，卖了，谁要就卖给谁，谁有钱作价来买。"前面已说了，西沟骡马成群，大牲口也是很多的。

总结西沟的社会主义新农村道路，有人说，开始呢是"领着走"，他们有李顺达、申纪兰这样的"领头雁"；中间呢是"跟着走"，"学习大寨赶大寨，大寨红花遍地开"；到改革开放之年呢，当然就是"摸着走"，摸着石头过河嘛，深一脚、浅一脚，还不知道前面的水到底有多深。

所以，免不得就要问她："在1982年中央下发一号文件后，你们一直拖了一年时间，你们或许是不大愿意吧？"

申纪兰说："我为1982年这个弯掉过很多眼泪。西沟这么多年，从组织互助组、合作社一步步成为全国农村走社会主义道路的典型，没有集体的力量，西沟能有这开拖拉机的路？西沟能有这满山的树？西沟能打起这样多大坝？能治住山上的水、造出这么多地？

"西沟由一个逃荒人聚集的地方基本实现山绿了、果红了、吃饱了、穿暖了，可为甚还要分田到户呢？

"我们思想转动比较慢，再说，咱也是集体经济多一点。说实话，这个基层组织也不容易，集体经济多了，它急当是放不开。你瞧，这办公室、楼，其他地方就根本没有。"

对土地承包这段历史，十年前我写过一篇《朱祯祥与阎庄土地承包》的文章。文中这位朱祯祥呢，正是我的老岳父。如果说每一个时代都有它的弄潮儿，那我的岳父朱祯祥就是搞农村土地承包的风云人物。

安徽小岗村，现在有"中国农村改革的发源地""中国十大名村""安徽省历史文化名村"等美誉。1978年，村中18位农民以"托孤"的方式立下生死状，在土地承包责任书上按下了红手印。这后来，还拍了一部电影。

而我的岳父朱祯祥所在的山西原平县阎庄公社呢，是"经1977年、1978年两年的酝酿，1979年冬天，土地包产到户在阎庄大队正式落实"。也就是在中共十一届三中全会召开的一年后就完成了土地下放，与西沟的下放时间相比早了四年。当时，很多农村还在忙着"割资本主义尾巴"呢。

为什么？是我这个当公社书记的岳父有高瞻远瞩的目光，已然感受到中共十一届三中全会春催桃李？或者他有改革的雄力、志向和魄力？即或有，那也只能说一点点，包括身上有股子敢于"出风头"的劲儿。实际情况还在于，他所在的原平阎庄公社及蹲点的阎社大队与西沟的情况恰好相反。

人们常说，改革是逼出来的，阎庄的包产到户就是被逼出来的。对，他们没有出路了。这正如多项国家政策出台前，人民群众往往已付出极高的代价。就像今日教育、医疗、司法等重大改革举措，包括对假冒伪劣产品以及地沟油等采取的防范与惩处，无不如此。

与平顺光秃秃的石头山多有不同，原平资源富集，素有"东山摇钱树，西山聚宝盆，中间米粮川"之称。这"米粮川"便是指西镇、大牛店、崞阳、新原、阎庄等乡镇，这些地方盛产粮食，有玉米、高粱、小麦、水稻、谷子等。

可是在那时候，像阎庄这样的平川产粮区的粮食生产出现了大问题——地里打不上粮食来，而这还不是因为天灾——干旱和雨涝，全是人为的原因。所谓"达纲要、过黄河、跨长江"，就剩刷在墙上被风吹雨淋弄模糊的美术字了。农民在生产队里，除了吃大苦、受大罪，什么也换不来——哪怕是最低标准的生活也换不来。所以，在"文化大革命"结束后，老百姓在村里都不惧怕高压政治了。

我为什么要拿阎庄与西沟进行比较？这还真的不是什么"近水楼台先得月"，也就是知道这么点事儿。在此，十分有必要点明的是，在中国的广大山乡，如阎庄的情况是非常普遍的。西沟，是"明星"，是典范，全国农村在学大寨的同时仍向它学习，而它恰恰是特例：光林木这一项，一棵树计一元钱，家家都是万元户。一棵树怎么可能仅计一元钱呢？在我少年的印象里，西沟那就是奶蜜飘香的迦南福地。这印象就形成于这前后，大概是1975年、1976年吧。那时，我在陵川吃到了西沟苹果，同时听去参观回来的人讲李顺达、申纪兰怎样带领西沟乡亲们战天斗地、改变河山。它一点都不亚于大寨人"三战狼窝掌"和郭凤莲所带领的大寨"铁姑娘"的故事。陵川与西沟有一种自然的亲缘，我们太行山深处就有绿洲？应该说，陵川人的日子过得太苦了，所以申纪兰成了人们心中的启明之星。陵川今日，满山皆绿，变成了山西非常好的地方，和当年西沟榜样的力量是分不开的。但转回来还是：西沟是个别的，阎庄是普遍的。

到如今，随着年纪的不断增大，我琢磨出这么个道理来："当年那八个样板戏吧，按说是让人学呢，说是大众艺术，却非普通人所能。你能成为它差不多点儿的票友吗？很难。为什么？因为它是最高规格的，把你完全限制住了。'穿林海，跨雪原'，接着往下唱'狱警传，似狼嗥'，再接着唱？即便跟上高音了，那也难听死了。"

西沟、大寨，也是样板戏这个道理，虽然天天学习，实际却够不着。

而另一边呢？"农业学大寨"首先要"政治挂帅"，在"文化大革命"以后，这些被动组织起来的人民群众必然散伙才能有真正的发展。邓小平的改革，立足于人性。

所以，这也是物极必反。考察阎庄最终也是在山西最早走向土地承包这段历史，至少要推到1964—1965年的"四清"运动。

当年，进驻村庄的"四清"工作团要树典型、出成果，根本谈不上贪污腐化的大队支部书记田拴富，大队主任、老雇农张福瑞，被打成了坏分子，戴上"帽"，开除了党籍，十多年一直抬不起头来。阎庄宿家巷第十生产队队长，"上楼下楼"受了冤枉，想不开，自杀了。阎庄南大党支部书记赵来科，和田拴富、张福瑞一样，被打成了坏分子，戴上"帽"，开除了党籍，也是十多年。

矛盾就是这么积累下来的。

农村工作怎么做？像阎庄公社，频繁派进各类工作组、工作团。到搞土地承包的朱祯祥进驻时，这已是"文化大革命"时期派驻阎庄的第三个工作团了。在1975年前半年，还不到"反击右倾翻案风"的时候，号称"批集体内部资本主义倾向工作团"进驻，朱祯祥任工作团团长兼公社主任，后来才成为阎庄公社书记。

朱祯祥是晋南临猗县人，20世纪50年代运城农校毕业后被分到了原平。他个性强，又相对年轻，县里要他啃这根硬骨头。

此前，朱祯祥在县委办公室当主任，写得一手好材料，带过两个很有名头的"兵"：一个是原平地方上走出来的诗人贾真，前些年获得了赵树理奖；一个是我国著名作家、写有长篇巨著《白银谷》的成一老师。早前，这两人都曾是他的干事。

谈及阎庄继安徽小岗村后领先于全国搞土地承包，他说："'文化大革命'临近结束这一段时间，阎庄的老百姓就收拾不住了。阎庄大队问题最大，老百姓有很深的怨气，当着你的面都怪话连篇。工分不值钱，一个工不到一毛钱。有人问阎庄人：'工分多少钱？'他们就半是玩笑地说：'快一毛了。'

"到粉碎'四人帮'以后，阎庄多数老百姓不上地了。各小队队长愁死愁活也找不来几个出工的人。一般是在村里最没能耐的人才上地，再就是队长的亲属这些，那是实在抹不开面子了。可这些人零零散散地到了地里，一样是出工不出力，'人哄地皮，地哄肚皮''人哄地一时，地哄人一年'。

"宿家巷第十生产队队长说'咱队就五个人了：队长、副队长、保管、会计、妇女队长'。

"第十生产队1000多亩地，就五个小队干部上地。社员们都不干了，集体生产经济模式受到严重的挑战和冲击。

"临近阎庄和忻口南面的几个乡镇盛产香瓜，卖香瓜一天挣一块钱，顶上半个月地，还没有多累。另一些有本事的，偷着在外面搞副业，干包工头。没大本事的，有把力气也能偷着找个营生干。再没奈何的，即便捡料炭、打零工，也比上地挣集体的工分强得不知道有多少倍。"

对照西沟呢？人家一个工一块多钱，保持了多少年？大队集体还一直有积累有提留。

朱祯祥说："怎么办？我就琢磨是不是搞包产到户？办法也

只有这一个了。'四清'运动以前，阎庄人曾经就有过这样的想法。

"大队支部书记田拴富、大队主任张福瑞，是我在1977年给他们平的反，恢复的支书、主任。找他两人商量，两人一听是包产到户，倒吓坏了。'哎呀，我们让斗争了十来年，借给我们个胆也不敢呀。'

"可我认为时代变了，不可能再回到老路上，应该想出办法把农业生产真正搞上去。

"我首先做他俩的工作。我和他俩说：'村里生产要想搞上去，路只有一条：把地分到个人头上。'"

如前所述，"经1977年、1978年两年的酝酿，1979年冬天，土地包产到户在阎庄大队正式落实"。

第二年，阎庄粮食生产就出现了大丰收，是多少年以来都不曾见到过的。

常说人民群众的创造力不可限量，这首先得和他们自身的生活（命运）改善紧密结合起来。

包产到户极大地刺激了阎庄人参加农业生产劳动的积极性，这高涨的热情是一个方面，另外一个方面也得益于人民群众先前的"农业学大寨"运动，兴修水利、深翻土地、人造平原等把土地弄好了。到大家单干时，土地是肥沃的，尤其是那些水浇地，只要付出就有大收成。老百姓活了。

但朱祯祥从阎庄大队开始在全公社推广土地承包，大的压力也就来了。"新华社记者最初来是暗访呢，光问这前前后后的情况，不发表任何意见，还特别严肃。"走了一批，再来一批，后来就是配合几级农村政策调研的领导同志住在了阎庄，写报告、写内参。"态度严肃，不说肯定，也不说否定。""像这个的话，突然来两个人一绳子把咱捆走，也指不定啊。"当然，他也有自己的老主意，一个是阎庄的老百姓，一个是原平县委书记赵瑞、忻州地委书记阎广宏，都支持他。

忽然一天，阎庄成名了，大小报纸纷纷登出"原平阎庄经验"，尤在山西农村，成为首届一指的推广榜样，到原平阎庄来参观的人络绎不绝，朱祯祥也变成改革初年的风云人物。

本来，他前后在原平农业上工作多年，大概就在当县委办公室主任期间，和昔阳人、后来的山西省委副书记王金籽是邻居，两人也成了好朋友。以前，他多次带团到大寨参观，那面有熟悉的朋友招呼，吃住参观受优待，在原平县里就比较有面子。现在，全省各地的同志们到阎庄来学习他，他心里快乐，但肩上担子重。后来就是破格提拔，一步到了偏关县委书记任上，时值1983年，也正是吕日周到原平当书记之时。他们算一批人，都是锐意的改革派。两人在忻州地区形成了一个良性竞争，吕日周在原平搞"搭台唱戏"的动静挺大，朱祯祥在偏关搞的"搭台唱戏"也引起了多方关注。

回看土地下放时的西沟，申纪兰连着说了数遍"党支部的重要性"。"都分了，谁也会。一家一户单干，这不用学，原来就是。"但他们保留了一个集体的大方向不散，这就是双层经营。"为什么国有资产没有彻底改革？你要没有国有资产，就没有本钱了。为什么中国有力量？这是因为我们能统起来，外国就学我们这一点。"

第二句呢，也很厉害："还是要有这个带头人，像川底村呀这些什么也没有了，还不如一般村。"全国著名劳动模范、1952年"爱国丰产金星奖章"获得者、第一届全国人大代表郭玉恩所在的川底，亲爱的赵树理先生在这里写了《三里湾》的川底，当时就全分了。地分了，林也分了，最后老百姓砍树，砍的是自家的，你能咋？

听申纪兰的原话："像平顺有些地方，这个林坡也管不住了。都是个人的，说要栽什么树，人家就不让栽，'这是我的，你给了我了，这是政策'。咱西沟呢，是林业队分了几个片，几个人管着，还是集体的，万贯家当呀。你要是下放了，人家说砍就砍了，你管得着哩？人家说不干就不干，你也管不了，'是我的嘛'。现在自由思想太厉害，集体占领不了，个人就占领了。"

在多少人眼里，这是不是也比得上土地改革了？

她说："有人问我，土地下放跟当年土改有啥不一样？我说：'当时老百姓更愿意吧？他得东西了，他不愿意？给他东西了，还不行？这次，你得在这地里出力流汗才能挣上呢，性质不一样。'"

申纪兰接着谈党支部的重要性，没有之一。

西沟土地最后实现双层经营，申纪兰、李顺达在中间起的作用显而易见，不可忽视。党支部还是更加尊重他们的意见，尽管他俩名义上都不能说在村上，如赵瑜言："李顺达是正儿八经的省人大常委会副主任。"申纪兰这个省妇联主席呢，在西沟土地进行分配时也并未退下来。李顺达过世，和她退了主席，都是随后的事。而他们对于西沟的影响力，堪称始终如此，不曾被削弱。

西沟土地下放，"县里来开了'三干'会以后，工作组住到这，才放了。村支部决定双层经营，他们也配合着做工作吧。咱呢，还是从实践中来，说明咱集体有这个能力经营，能管理好。我们双层经营就有这个好处，分给个人了，树砍光了也管不了"。

继续说"党支部的重要性"，"口粮地尽管下放了，但一样是必须有集体的领导"。

这里有几件事特别须交代。

第一，她向全国人大反映过假种子、假农药问题，这个坑害农民太甚。也反映过转基因等问题。申纪兰说："咱支部转型了，不是以前主要组织社员生产了，而是服务群众、方便群众，为群众着想。像我们西沟，就没有转基因种子，也没有假种子，这么些年里，我们都是集体帮助农民把种子买回来，严格把关，不能让农民上了当、受了害。"

第二，体现集体领导的意志，恰恰更人性化。"其他地方的地吧，都是50年不变了，分给群众，人家就非到50年不可。增了五个人、十个人，还是50年，只有一个人也一直享受50年。咱西沟不是这样，而是七八年重新分一分，你家人口多了，加点地；你家人口少了，就去点地。这就是为人民服务。要是50年不变，你富了，我穷了，连粮都种不上。为什么？不变吧。"

第三，"咱要办厂还是集体办厂，西沟党支部领导，村里谁没本事，走不出去，就去工厂上工。"后来的铁合金厂、纪兰饮料公司等正是如此。

2015年左右，在太原已住了多年的朱祯祥突然很想回原平阎庄看看，我不会开车，就叫了朋友带他回去转了一趟，还看了看当年他们学大寨时修的大水库。朱祯祥自然是很高兴了，因为还有那么多熟悉的乡亲来看他，乡政府的领导也出面搞了一个茶话会，大家围绕着阎庄有说不完的话。我在旁边就是个外人，看看街道，看看庄稼，也看看庄户，有人愿意说话了，闲聊几句。第一个感觉，老百姓的生活还可以，不差；第二个感觉，阎庄地方上的变化不甚大，想来也没有什么好的政策倾斜吧。有时候思之也可怜，中国农民更多是活在政策下。反过来说，也只有农民好，国家才好。申纪兰就一直说："8亿农民，中国8亿农民。"

走出去

　　土地下放以后，申纪兰退了省妇联主席一职，兼着长治市人大常委会副主任，正式回了西沟，尽管她原来也没有真正离开过。

　　就兼任长治市人大常委会副主任一职的情况，申纪兰说："我回来了，省委李立功书记和卢功勋副书记专程来西沟看望我，说：'你这十年，自己什么问题也没有解决，你有困难，省委一定会管你，有什么建议、什么困难、什么要求，都提出来。'感动得我直流泪，我说：'党没有忘了我就行了。'

　　"我什么要求都没有提。可组织上还是想办法把我安排到了长治市人大，说我到这儿近。我说：'我就不要了，什么也不要了。'可组织上还是做了安排，好的是尊重了我个人的意见：开会时听听会，两个月一次会；不开会了，我就还在西沟；有什么问题了，我带上去跟他们汇报汇报；上头有什么任务，我带下来；不安排办公室。"

　　就申纪兰兼任长治市人大常委会副主任，卢功勋也讲："她不是干部，她是农民，农业户口身份不变。一个月给她个副厅级的工资，是组织上对她的照顾，不是她要的。当时我就说'组织上尊重你的意见'。她当时回去以后，每月只有50块钱生活补助，顶啥事？"

　　关于副厅级工资待遇，西沟村原副书记张章存说："长治市人大工作人员把申纪兰的工资送到西沟，申纪兰坚决不要，一直没有接受。"

这之后，她开始忙"无工不富"。如她所言，西沟光种树种地不行，还得搞企业。"西沟在平顺还差不多，在市里就排不上号。条件限制住了，咱就没有矿产资源。"

她带着班子出去学习，去大邱庄见了禹作敏，去河南刘庄七里营见了史来贺，去了"天下第一村"华西村，也去了大寨。

她说："大寨去过好多次。原来去学习是学习人家整梯田，现在，那些梯田也都栽成了树。咱不知道的是，大寨也有煤，还有煤运站。有煤窑，就是有工业吧？"接着还又说了一句："咱就不知道人家还有煤哩。"话里话外是真羡慕。

"我还去过介休，李安民那儿。还到过南街村。"

西沟转型很不容易。"西沟那会儿是十年九旱，旱涝风雹年年有，庄稼十年九不收。现在哩，再旱也要收点粮。农作物种上了，旱了；又种上了，又下了冰雹。咱是旱地，只有一季呀，其他地方是两季。

"你瞧，我们到吴仁宝那儿参观去了。人家已经不是以农业为主了，而是工业化了，人家的地都在东北，人家那是天下第一村，不光是中国第一村了。后来，我们还去过皇城相府，'七一'带着党员到那儿，叫大家开开眼界。人家有煤，是煤乡。"

走出去，向人学习。她告诉自己的人："多看人家的优点，少看人家的缺点，把人家的优点变成咱自己的优势。"

说河南南街村。"人家这会儿还是毛泽东思想挂帅，没有分地，他那儿出方便面。"

说七里营刘庄。"他们很可以，毛主席视察过，在新乡，带头人叫史来贺。"

就此，我曾写过这么一小段：

申纪兰的人生在飞越。1984年冬天，申纪兰带着几名村干部一路南下，从河南到江苏，再到上海郊区。在河南刘庄，支部书记史来贺的话让她茅塞顿开："老申，光靠种地富不了，赶快上工业吧。西沟石头多也是资源。"是啊，刘庄一个村就有20多家企业，确实让申纪兰羡慕不已。这一路下来，她听得最多的就是"无工不富"。

她带着西沟干部去了史来贺那儿。史来贺还曾想帮着西沟上一个项目。

申纪兰说："史来贺叫我到他那儿瞧瞧，帮助咱西沟选个项目，史来贺也来过咱这儿。

"我们到了七里营，史来贺领着我们参观了造纸厂、食品加工厂，他说：'光靠种地不行，赶快办厂吧。你看看，有什么项目西沟能干？'

"我说：'我们西沟穷，办不起大企业，造纸我们那儿就不行。'

"他说：'你们从小往大办，我这有个食品加工机，有台面包机，你拿回去，先办个食品加工厂吧。'

"我说：'我是来取经的，不是来要东西的，你给我出出主意，我就谢谢你了。'"

"后来，史来贺说我们西沟有树，叫我们拿上他的纤维板机，上纤维板项目。我问：'这个纤维板机多少钱？'他说：'一百多万元。'我说：'不行，西沟没那么多钱。'他就叫我先拿上，说西沟是他们学习的榜样，能帮上西沟也是他的光荣。我就很感动，说：'机器先放着，回去我们商量商量再答复你。'"

申纪兰他们回来后，就把这个纤维板项目拿到省林科院去问。林科院派人到西沟考察以后，说西沟缺水，树木也不够，这个项目不适合西沟。他们就只好把这个项目放弃了。

天津大邱庄见禹作敏，这个有故事。我原来是这么写的：

那是1988年9月，正是津唐大地一片金秋的丰收时光。申纪兰来到了大邱庄。

大邱庄的党支部书记禹作敏，其实也曾是一个老劳模。多少年来，禹作敏一直想把大邱庄的事情办好，让大邱庄的老百姓能过上丰衣足食的好日子。禹作敏和大邱庄人为此奋斗了好多年。

禹作敏虽说很牛气，但对申纪兰却是一个例外。申纪兰到了大邱庄，正逢禹作敏到北京开会。当禹作敏通过电话得知申纪兰一行已到，第二天就从北京赶了回去。可禹作敏的热情并没有给申纪兰留下多少好印象。

其中有三件事，让申纪兰不敢恭维。

第一件，对禹作敏夫人的印象。前一天，申纪兰一行来到大邱庄。由于禹作敏不在，由大邱庄农工商联合会一位姓周的副总经理陪同参观了村子和企业。参观过后，申纪兰想去老禹家看看。然而，当申纪兰走进禹家院子，不知从哪儿一下蹿出好几条大狼狗突然扑在申纪兰面前，搞得申纪兰大惊失色。而闻声赶来的禹夫人将狗唤住后，则又令申纪兰突感隔世的遥远——她的身上珠光宝气，这让申纪兰想起电影里的"老地主婆"。

申纪兰向没有同她前去禹家的平顺参观团的人们讲："人家穿金戴银，打扮得就像老财东家的阔太太。"

第二件事情发生在大邱庄科技楼下。第二天，申纪兰一行坐车再次来到大邱庄时，禹作敏已等在了科技楼下。热情地握手、问候之后，禹作敏和申纪兰双双走进了装潢典雅的科技楼。糟糕的是，随申纪兰来参观的平顺县各级干部却被楼门口的警卫或曰保镖拦在了门外。最后，还是在申纪兰的再三请求下，这一干人方被准许走进楼中。

第三件事情，是禹作敏和申纪兰等的一段对话。

禹作敏问申纪兰："你挣多少钱？"

申纪兰说："我不挣工资。"

禹作敏问时任西沟村党支部书记的张俊虎："你挣多少钱？"

张俊虎说："我一年挣2000多块钱。"

禹作敏说："唉，你挣那几个钱算个啥？你看我这身衣服值多少钱？一万多块。你看我坐的这把椅子值多少钱？一万多块。你看我用的这张办公桌值多少钱？一万多块。"

"老申啊，现代化的劳模可不能是你这个样子。前些日子，郭凤莲来我这里，我就对郭凤莲说'学大寨，穷当当'。搞农业有什么意思？老申啊，你这个劳模是真的，西沟也是真的。你这次来了，我给你50万元。"

这前面已有提及。

申纪兰没有要禹作敏的钱。禹作敏的钱，申纪兰不敢要。

申纪兰总感到，禹作敏身上有种与劳模标准格格不入的东西。无论过去的劳模，还是新时期的劳模，其本质应当是一致的。申纪兰对劳模的理解有自己的准绳。这之后，当禹作敏东窗事发，便有人因这件事说申纪兰在政治上不但成熟，而且还很敏感。

事实上，申纪兰却没那么复杂。申纪兰只是凭借她做人的信条，凭借她为人处事的直觉，凭借她多少年来受党的教育熏陶，理解并认识着这个千变万化的世界。

这或许也是申纪兰在50余年的劳模路上一直能走下来的重

要原因。

后来，申纪兰还说："大邱庄是企业，人家说'大寨几十年了，穷邦邦'，说农业不好。我说：'各有各的好处吧。你也不能没农业，农业是基础。'他再说什么，咱就不说了，避免不团结。

"禹作敏说：'哎，你需要什么？'我说：'我就是学习来了，你要有好项目，咱合作个项目，我们也没有工业。'我明确告诉他，是向他学习，学习他的技术。咱都是农业。"

人家说，申纪兰办企业有长远眼光，她则说："办企业不同于当年我们上山栽树，不是光有憨劲就行。企业需要的是懂技术、会管理的人才。"1994年，申纪兰和清华大学联系，送了4名青年农民到清华学企业管理和会计。之后，她又送王根考到日本学果树栽培技术。

两大支柱企业

先说纪兰核桃露。在走出去向别人学习的过程中，申纪兰领着村里的人去了介休，到了"焦炭大王"李安民那儿。现在，大家也都知道了，当时介休当地还有一位和李安民打平手的"焦炭大王"阎吉英，他后来修了绵山，也做了有利于国家、民族的事，前些年过世了。

申纪兰带人走到李安民门下，这让李安民吃惊不已："哎呀，你怎么来了？"

申纪兰说："向你学习来了。"20多年前的事了。当时，申纪兰带的是张高明、张文龙。为给西沟上企业，在介休石油公司当经理的西沟人张蛟龙给申纪兰介绍了李安民，申纪兰的原话是："全国有名企业家。"

李安民说："你一个老劳模能来找我，我很感动。"

"我来向你们学习学习，走出山沟沟，想办个企业。"申纪兰说。

李安民说："你没有煤，这是煤烧呢，你那没煤就不行呀。"转而问她："你那有什么呀？"

申纪兰说："咱那儿有树，有苹果树、核桃树、松树。树多，土地少，没企业。我们有3万多棵核桃树。"

李安民就说："哎，你搞个核桃露吧。"

瞧，西沟搞纪兰核桃露，原来是焦炭大王李安民提的建议。这个情况，大家早些年还不大清楚呢。

申纪兰说："咱就采纳了。人家还给咱投了100万元。人家说：'我帮助你搞个核桃露厂。'这就是合作，人家给咱请的师傅、专家，从北京来给咱搞的设计。"是合作，也是支援。

核桃露的命名还有个掌故，关心申纪兰的人多还知道。这个得听她自己说才传神。

"商标就是纪兰核桃露。大家讨论的时候，说叫什么名字好呢？我说：'叫西沟核桃露。'专家说了：'你同意叫西沟核桃露？'我说：'西沟是个老典型，就以李顺达这个西沟，叫这个名字好。'专家说：'哎呀，我看不很好，叫什么好呢？我看就叫纪兰核桃露。'我不愿意，我感到叫纪兰核桃露，上面印上我的名字，喝了就都扔了。后来，我想了想，人家说得有道理，人们认可你这个人，就好销。这是个著名商标，你叫出来，对大家都有利。我又想了想，人家都牺牲流血还不怕呢，一个名字，怕甚？

只要对人民有利就行，就叫吧。"

纪兰核桃露，有这么一出。

我问她："办核桃露厂，咱西沟也筹了一部分资金？"

申纪兰说："嗯。村办企业，主要还是依靠村里的力量。厂子起来，首先就需要五六十个劳力。就顶五六十户呀，他们都富起来才行，集体就是为他们服务呢。"

我问："核桃露厂还多用女职工吧？"

申纪兰说："女职工多。她们守家在地，也来工作，一不用出去打工，二还能照顾老人孩子，这不挺好？"

但纪兰核桃露销得却不是很远，也就卖到太原，大量的销售主要还在长治、平顺这一带。"咱没有打广告，饮料这东西必须打广告。不过现在从节约上来说，人家能不多喝酒吧，咱的核桃露就能讨点便宜。"

她不是厂长，"厂长是王根考，但法人是我"。

她说："不弄上我，他就弄不上钱。"

西沟纪兰核桃露厂于1997年正式建成投产，产品非常好，主要是里边有核桃。不同于更多所谓全国驰名的核桃露产品，多靠技术和配方及打增稠剂。我到长治这边，在外只要见着一般都多要两个，理由也简单，太原喝不上，很少。这么多年了，纪兰核桃露的推广一直没有搞上去。

就此，赵瑜还有说法：原料不够。显见，他们的生产成本是比较大的。

因此，就有人说："西沟不做歪门邪道的那一套，如果西沟也跟着搞，早就富了。西沟的核桃露，不掺假。"

核桃露，他们也和一家搞饮料的企业合作过。

申纪兰说："感觉不对了，赶快分开，不合作了。"

接下来说西沟铁合金厂，这个要比办核桃露厂早十多年。

申纪兰说："这个就是我干起来的。十一届三中全会就提'无工不富，无农不稳'，我们就办起这个铁合金厂。"

1983年，申纪兰跟张俊虎在省里开会，见到了冶金部一个工程师，他们就跟他讲了西沟想办企业的事，请他给出出主意。了解西沟的一些情况后，这个工程师就建议他们建一个铁合金厂，说这个项目适合西沟来做。"你们只要把炉建起来，就能生产铁合金。"只是要投资上百万元。

当时，平顺县里就有一个铁合金厂，他俩回来以后，考察了一遍，认为西沟干这么个厂子也可以。要干，就要找能人。她和张俊虎就又去了平顺侯壁电厂，厂里有个秦书勤书记，也是西沟人。申纪兰和秦书勤说，是不是能帮助西沟干成个铁合金厂？秦书勤说："那还不现成？我能帮忙。"接着开始上会，支委们一致同意办一个铁合金厂。"这至少能上100多个劳力。咱主要是上劳力哩。"西沟土地下放了以后，有不少人都走出去了，用申纪兰的话是"各奔前程"。但是，毕竟还有一部分没有门道的、找不到地方干活儿的剩余劳力留在村里。"咱党支部就是为了解决他们这一部分人的问题。"居家而有业，能有工作干，能吃饱饭。

1985年，赶着开第六届全国人代会的时候，申纪兰跟张高明把办铁合金厂的报告带到了省里，找到了当时分管农业的省委副书记王庭栋。时间不久，省里有了批复，给了他们一部分资金；其余不够部分，村里又做了集资。另外是土地，那是他们自己的，县里只要批准他们可以用就行。在此，申纪兰还是有她的原则："我们尽量少用地，够用就行了。"所以，西沟铁合金厂的这个摊子并没有大的铺排，地方大小还是有限的，不像一些农村干事儿先圈一个大大的院子。

她就当了这个铁合金厂厂长。"我也当采购，买东西，弄资金，先跟支委研究好。"

同时，她的办企业思想也变得日渐明晰。"咱办企业，给群众找出路，我们支部领导群众富起来。集体挣不了钱，劳力挣上工资就行。我们算这个账，咱劳力挣了钱就等于集体富了。集体挣了钱也是为群众服务呢，也不是干部要。我们想通这一点，更加能发挥党支部的战斗作用。"

看工人们的具体情况："哎呀，一个好工人一年挣2万多块钱。守家在地哩，都是这困难户到厂里了。全算下来，上了两三百劳力。这可就不是个小事情，这是两三百户人家就都顾起来了，每户一年增加2万块钱，而且好多年了。

"还是给群众办了点事。我没有在里面领过工资，一个月也没有领过。自己还贴上钱，真服务。

"采购东西去了。咱也没钱，连一条烟都没买过，就办成了铁合金厂。"

这个厂子，更像她的一个孩子。"也有个特殊的感情。"

"厂里短了东西了，我就去找去了。"一个一个都找回来。

"有人包工包上咱这个厂了，就来找我，说短两种材料，人家是包工不包料。短什么材料呢？一个叫无缝管，还有一个叫几分管，我记不准了。没材料，明天就要停工。我说：'停了工，你不用挣工资？'人家说：'停工待料，工资照发。'把我倒说住了。"

"我说：'停了工，我为甚还要给你发工资？'

"人家说：'你打开合同，瞧瞧。'

"我倒忘了。哎呀，我瞧了瞧，晚上我倒睡不着觉了。

"那年冬天，还下了点小雪。我一个人5点起来走出去，6点多就到县城了。十几里地，步行走，滑倒了，站起来再走。"

那时，虽说她还相对年轻，但也是五十五六岁的人了。

"我先去了县里的一个铁厂，这儿有个姓刘的经理，我认识。他说：'哎呀，你这么早来了？'我说'是'。'你坐什么车？'其实我是步行来的，可也不愿意叫他知道我没车，丢人，我说：'车走了。'我说短两种材料，需要他帮忙。他说：'我有一种，还有一种我没有，你到城建局去找找吧。我叫车送你。'

"我说：'不用，都到这了。'他说：'哎，车比你走得快。'当然，我还不知道车快？是没有车嘛。

"后来人家就给我弄上车，送到我城建局。我找到了局长，人家局长说：'有这种材料。'我倒放心了。当时，人家正吃早饭，说：'我给你弄上，你也吃点吧。'我赶紧说：'吃了，我吃了。'咱再给人家找麻烦？吃饭？人家是双职工，也忙。他也是马上找人弄上材料，给我送回来了。也没有停工待料。"

这是一出，还有一出是到潞城山西化肥厂弄大钢板。

申纪兰说："工程上短了一个大钢板，只有山西化肥厂才有。去了山西化肥厂了，人家领导也很关心，可是中午了，大家都下班了，说让我住到招待所，下午上了班再给我办手续弄东西。人家说：'你住下吧。'要给我安排招待所。我说：'我不愿意住招待所。'住招待所还得人家出钱哩。'我瞧瞧市场就行了。'其实，我就在一棵树下坐了一中午。赶着下午上班了，咱也去了。人家给咱办了手续，问：'休息好了？'我说：'好了。'"

再一出，是厂子起来了却拉不上焦粉。"没办法，我只好自己坐上车到长钢去。去了跟人家领导说好，再拉上。他们去了拉不上，我去了就能拉上。我就是个著名商标，人家都认我。也有私心吧，给咱西沟办事哩。就这，也不一定都满意，还可能有人说我坏话。呵呵。"

听她来个小结："很不容易呀。不办事省事，办事就难，办好更难。尤其咱不懂这个办企业。"

我和老人客气，说："你还不懂啊？"

她说："连个螺丝也没有见过，倒办企业了。"

你笑吧？好像也不能。是呀，实践出真知，也出大诙谐。

"哎呀，闹成以后，张高明是支部书记，我们就搭伙扛材料，扛那个布袋，几十斤重，踩上那个楼梯，往上扛。那会儿，我50多岁，也年轻，他扛一遭，我也能扛一遭。"

扛的是什么呢？她说："就跟那个焦炭一样，要装满电石桶。那会儿，我们也没有个吊车，就靠人往上扛。这个装起来以后才能起火。就扛了一整天，一直等装满，弄上电，这个铁水出来了。

"我说：'哎呀，不管怎样，谢天谢地，总算是流出铁水来了。'"

西沟铁合金厂，1985年动工兴建，1987年一号炉建成投产。2002年，铁合金厂先后建成一号、二号、三号、四号炉，企业年上缴利润50万元，解决了西沟200多名村民的就业问题，成为平顺最大的铁合金厂。2013年，铁合金厂因属污染而被关停。

对铁合金厂的最后停办，申纪兰是十分痛心的。她也是非常无奈的，尤其是西沟那么多老百姓靠着这个厂子生存，也生活了多年。她和他们的交流，无不充满着辛酸。

"四个炉，都是一个一个办起来的。可是现在关闭了，我很可惜它，我还流泪了。人家说，这是高耗能，污染多，人家不让干了。能上200多个劳力呀。现在有工人还来找我，说我要是守

住这个厂，大家早就奔了小康。我说：'这是环境问题。咱再想办法吧，再搞其他的，搞不污染的。'

"虽然铁合金厂不让办了，我总还是想要办企业，给西沟百姓弄上点企业，他们上了工就是有钱挣。我也到北京开过会，没钱就理短，没钱就富不起来，这是个关键。全民奔小康呢，咱怎么也不能落了后，拖了全国、全省人民的后腿。"

"我办这件事，虽然是没有办好，出力可不少，流汗也不少。"这也证明了她常说的那句话："我是个人，不是个神。"

2020年春节过后，我到省作协采访赵瑜，他还特别谈到申纪兰办硅铁厂、饮料厂："西沟村后来发展经济，开了硅铁厂、饮料厂，有了一些经济收入。在此期间，有合作者中间给她回扣，她就让郭雪岗他们给人家退了回去。像这种情况，还不是一次半次。她说'这个回扣什么，不能要'。她这样，大家自然跟着她也没有灰色收入。"

我说："她的'无工不富'，实际上也没少交了学费。"

赵瑜说："西沟这个地方的经济发展主要是种树，因此，人民群众的生活，可以说改善的是比较慢的。当然，我们不能什么都要求，那样，我们就是求全责备了。

"但是，村里一开始搞工业，如弄硅铁这个东西，就太浪费电了，而且造成了环境污染。"

西沟老村支书张高明的爱人去地里摘豆角的功夫就是一身的渣灰，向丈夫抱怨："也就是你当村支书我没法骂。"

"铁合金厂炼一吨铁耗3900度电，还排一堆废渣。"郭雪岗说。

党的十八大后，西沟村将这些高耗能、高污染、高排放的企业全部关停，提出打造"红色西沟、绿色西沟、彩色西沟"的新型产业发展思路，村里建起了香菇大棚、光伏发电基地，引进了知名服饰公司。

西沟村前任党总支书记王根考说："申主任尤其注意发展解决女劳力用工多的产业，村里的40多个香菇大棚就解决了六七十个女劳力的就业，摘香菇用'钟点工'都可以，不耽误家里事。"

赵瑜说："老申在学习现代化山乡管理的问题上，也还是有欠缺的。虽然有一点核桃露啊，上马一点饮料啊，可常常是还没生产呢，倒又停产了。为什么？原料就供不上。对于这些，她显然有她的苦恼。当然了，我们不能要求她成为一名技术专家，一名乡村企业管理专家。但从追求进步这一点来说，对她有这样的要求，自也有它的合理性。"

我说："为此，她是多付出了的。她那么劳碌，辛苦，奔忙，有时还就她一个人，全指着她自己。在这上边呀，有时候感到是不是也有一点儿堂吉诃德河上刺风车的味道呢？"

赵瑜说："她的要求就是能不能苦干，能不能给她一个项目，她给咱苦干。她像男工人一样，挥大板锹、劳动。我亲眼见过她在硅铁炉前劳动，挥汗如雨。我说：'老申，你不用这样干，你是个当领导的，这些有人家各级工人干，你亲自在这儿挥板锹算哪回事儿啊？'

"但是，她不这么看，她觉得'我尽心了'，就是出了这个力了。从上午到下午，一直劳动。"

强力劳动本身也对她有摧残，包括她跳到冰冷的雨水中堵洪水。

她多次对采访她的人讲，为了西沟，她尽了心、尽了力。回头想，她是倾尽了所有。

吃水不忘打井人

接下来说说西沟人吃水难的问题。早年间有民谣：

祖祖辈辈就没水，

下上雨来一场流，

没有水了渴死牛。

以前，西沟也打过井，但打的是旱井，主要靠积一点雨水。西沟又是一个十年九旱的地方，打旱井想积些雨水，实际都很难。所以，以前打下的那些旱井的作用很小。

申纪兰说："想咱西沟人走很远才看到个小泉，就去那儿担点水，吃水贵如油啊。不吃油可以，不喝水不能活。不要说全面发展了，没有水，什么也发展不了。那时候，老百姓说：'纪兰啊，咱祖祖辈辈没有水。'都盼望能有水。

"村上有几个老党员，特别是几个支委，比如张高明啊，这几个同志为了西沟能有水，一直在想办法。"

西沟人吃水困难，一直不能得到根本解决，改革开放以后也很困难。

申纪兰说："当时县里吃水也很困难，开劳模会都移到漳河岸。没有水，机关、厂矿、学校还得用马车拉水。

"后来就改革了嘛，县委下决心解决吃水难。来了一个工程师，姓王。这样，由我帮着给县里打了一眼井。"

虽然说迟也迟了，但是现象不坏，说明平顺山区地下总还是有水。

帮助县里解决了吃水问题后，包括县领导在内，又集中力量解决西沟吃水问题，但三级提水提到西沟，太贵，资金一时半会儿很难落实。

还是那位打井专家，申纪兰又找到他，说："王工，你给县里头瞧了，井打出水来了。你再来给咱西沟瞧瞧呗。"

这王工就和她半开玩笑地说："哎呀，你这私心很重啊。"

申纪兰说："我是有点私心，西沟吃不上水。我早上5点就起来挑水呢。群众不去挑能吃上？我们旱井、水库都弄过，但是没有彻底解决。西沟也只有打出地下水来，才能真正解决人畜饮水的问题。"

王工就跟她到了西沟，一番测量后，问她："你有钱？"

她说："没钱也不怕，肯定要给你。你要是打出水来，保险有钱。"

王工说："要打不出来，怎么办呀？"

她说："打不出来，咱俩人关系不歪，你少要点。"

王工说："你总得给我点工本费吧？"

她说："是啊，那个应该。"

她是央求人家呢，得跟人家说好话吧，这得想办法把西沟排在前面。像王工带的这样好的打井队，一般搞过测量，看好后，两个月以后能进来已经不赖了。

"支委团结一致，给群众办这件事情。"

然而，打井开始后，她就睡不着觉了，辗转反侧地想："这水打不出来可怎么办呀？"她也和其他干部们说了这担忧。当然，他们也都宽她的心呢："打不出来，也不怕呀。"她说："打不出来就不好交代了，怎么给党支部交代，怎么给群众交代？"

到了最后，打了一月多，快40天，王工找上门来问她："你有钱没有？"

她说："你打出水来了，咱再说钱。"结果弄得是他说钱，她说水。后来倒见水了，他还说："没有水呢。"

她说："他糊弄我了吧，他怕我弄不上钱来，一时给不了他。"

井打了三四百米时，真正见水了。这时，王工却变得真正严肃起来，他说："这个不保险，万一又没有了呢？"所抱的是一种真正的职业精神，也让申纪兰深受感动。

申纪兰说："打到600米左右，大股水出来了。这个水呀还是抽多少有多少。我这眼泪也流出来了，止不住。

"西沟人祖祖辈辈没水，水贵如油。没有油能过，没有水就不行，畜牧业也发展不了，养羊、办工业，没水也不行啊。

"哎呀，打出水来了，老百姓都来了，特别是那些老党员。马何则，是咱西沟前任书记，和李顺达搭班子，李顺达是大队长，马何则是支书。还有一个袁宝财，也是老党员，拄着拐棍都来了。他们都说：'哎呀，共产党真好。纪兰啊，你真是全心全意为咱群众办事哩。'他们的泪流下来了，我的泪也流下来了。感动得那些人都在那儿瞧着水流泪呢。"

1989年，申纪兰被命名为山西省特级劳动模范。这年，申纪兰60岁。同年，申纪兰请到河南地质队专家为西沟打井，经过科学的规划和测量，终于在西沟打出了深井，解决了群众吃水和铁合金厂用水问题，申纪兰和一些老党员激动得流下了眼泪。

这是当年的报道。

之后是2001年。

"刚好那个时候，开了个全国母亲河表彰大会，我坐班车到了北京，县团委书记跟我去的。开会时，我得了最高奖励，奖了2万块钱，李瑞环给我发的奖。回来，还是坐班车，那个团委书记坐到这一边，我坐到那一边。在长途汽车上，我把2万块现金揣在怀里，一直摸住这个钱。打井的钱回来了。

"进西沟，我就没有停，把钱交给了党支部：'打井的钱，一分也不短了。'"

来看看当年的消息：

2001年5月17日，中国第一届"保护母亲河奖"在北京举行颁奖仪式，这是全国保护母亲河行动领导小组在生态环境领域设立的民间最高奖项，请评委会认真讨论和无记名投票，确定申纪兰、王中强、王文善等8人为首届获奖者。申纪兰参加了颁奖仪式，并把奖金2万元全部捐给西沟村委会打机井。

2007年，我去采访她。这年，她当选全国道德模范，中央精神文明办奖励了她5万元。她又决定把这笔钱用在西沟的人畜引水工程上。

实际上多年里，水，就一直在弄。

就在西沟成功打出深井水四年之后，也就是1993年，省里胡书记特拨给西沟300万元，让西沟建设引水工程，解决百姓吃自来水和企业用水问题。

申纪兰说："这个引水工程，就是把平顺的浊漳河引到西沟去。浊漳河是平顺最大的河，以前大部分都白白流走了。那时候，河南人不是修红旗渠吗？他们就是把我们这条浊漳河的水引了去，咱平顺人看着，也没办法。到了八几年的时候，平顺搞提水工程，就叫浊漳河倒流了几十公里，把浊漳河的水引到了平顺县里。这次咱这个引水工程，就是再叫平顺县城的浊漳河水倒流，引到咱西沟来。"

接到这项任务后，申纪兰就跟当时的张县长到了太原，跑饮水工程管道的事情。

"赶到了太原，人家办事的人都下班了。我跟张县长就坐在院里的阴凉里等人家上班。人家来了，我们才把手续办了。

"太原办完事，我们又到了临汾钢厂，又赶上人家下班。值班的厂领导听说我来了，赶快把我们接进去，又把我们领到招待所，叫我们吃了饭。听说我们需要钢管，厂领导很支持，说：'你要的那种钢管呀，我们向厂党委汇报，价格一定叫你满意。'我听了，很感动。我就说：'我们这是解决西沟人祖辈吃水问题，我们今晚就回，回去给你汇款过来。'"

她回到西沟，人家很快就把钢管运来了。临汾人说话算话，价格比市场上便宜，市场价每吨4000多元，给西沟的是每吨3500多元。

20世纪90年代初，太行农民出身的胡富国回山西做了省委书记。这位出生于长治市长子县的老乡书记，特别敬重申纪兰。当他看到60多岁的"申大姐"不顾年老体衰，还在西沟忙着办工厂、跑项目，改造西沟的贫穷面貌，便调拨了一辆桑塔纳轿车送给西沟。

然而，坐上桑塔纳的申纪兰，还是过去的申纪兰。一次，她和现任村委主任周建红去太原办事，由于走得太早，申纪兰顾不上吃饭，便带了两个烧饼上了路。走在路上，申纪兰问建红吃过早饭没有，建红不好意思说没吃，便说吃过了。反过来，建红问申纪兰吃过没有，申纪兰也只说吃过了。结果这一天，由于要办的事情太多，两人连太原街上的大碗面也没顾上吃一碗。申纪兰说："先办事，办完事咱回去吃。"到下午回家，周建红给申纪兰整理东西时发现她的小包中放着两个硬邦邦的干烧饼。建红问："这是谁的烧饼？"申纪兰说："我的。早上走得急，没顾上吃。咱把它分了吧。"后来，周建红对人说："那哪是烧饼，扔出去能打破人的脑袋。"

有人发现，申纪兰出门办事爱逛商店。无论是到长治还是去太原，到中午机关单位下了班，申纪兰便领着同去的人到街上的小摊上吃饭。有时一碗面皮，有时一碗烩面，有时干脆买几个饼子吃一吃。饭吃过了，还不到上班时间，申纪兰便说："城里人整天逛商店，走，咱也逛一逛。"起先，大家很高兴，申纪兰这么通人情，还领着大家逛商店，多好。可后来大家发现，申纪兰逛商店，是从这个门进来，转着柜台仔细地看，一边看一边加些评论，磨磨蹭蹭的，直等到机关单位快上班时，她才领着大家往回返。可逛来逛去，就是不见她买东西。时间一久，大家也就知道了，申纪兰逛商店原本为的是转移大家的注意力，目的在于省几个住店钱。那时市面上很少有钟点房，中午开房间休息一下，便得结半天房费。申纪兰说："很吃亏呀。"

即便大家看透了她的心思，可跟着她出门的人却没有一个因受了点罪而埋怨一声。"她何苦哩？身体再好，也是古稀老人。她为的是咱西沟，办的是咱大家的事。"这个理儿，西沟还未上小学的顽童都懂。她是村中最忙的人。村民们想外出搞劳务，她出去揽活儿；村民们为产品积压发愁，她上河北、安徽找销路；村民们需要化肥、种子、农药，她外出联系采购。

　　郭雪岗说："还有一回，我们去长钢办事情。吃罢饭都要走呀，她就在下面拽拽我，叫我迟些走，把桌上剩的饭菜打包了。那东西还多呢，扔了她会很心疼。结果我在里面悄悄打包，人家可都在外面等着我呢。等我走后面把打包的东西放车上，再从前面出来和人家这边的人告别，申主任还数落我：'弄甚哩，怎么这长时间？'耍一点儿老小孩的小心机。她就是坚决反对铺张浪费。"

　　1994年，西沟浊漳河引水工程胜利竣工，解决了一个乡五个村6000余人的饮水问题，以及畜牧业和工农业用水困难。

回望李顺达

　　1993年7月8日，李顺达纪念亭建成，亭内树了纪念碑，彭真为纪念碑题写了亭名——"劳动模范李顺达纪念亭"。

　　对于申纪兰这一生，李顺达就是一个深入且重复的主题。

　　也因此，我在本书的开篇和中间部分，分别写了"初见李顺达"和"投票李顺达"。这当然是非常重要的，同时也是构成申纪兰政治生命的一部分。

　　现在，申纪兰到了晚年，在她畅言西沟党支部的建设和所起的带头作用时，又把目光聚到了李顺达身上，虽说李顺达离世已经三十几个年头。前文，我写了"吃水不忘打井人"，李顺达于她不也是精神和心灵上的"打井人"吗？

　　申纪兰说："我们那会儿把农业社比成火车头，把单干户比成牛车，把互助组比作汽车，咱初级社就成了火车了，都买票上车。那会儿也是鼓动大家吧，都买票上了火车。车皮走得快，全靠车头带。要没有那个基础，也没有现在。实际上也没有什么是一下就到了顶的。

"西沟这个事啊，我说'党组织是一切，劳模也是党培养的'。

"过去，西沟一无所有，李顺达是第一个党员。1938年，西沟就建立了党支部，他担任第一任支部书记。李顺达参加过七八次游击战，到长治那边打游击。他带领西沟人在1943年就办起了第一个互助组。他参军参战，一辈子'听党话，跟党走'。那会儿党组织还没有公开，他就敢公开自己是共产党员。有了党组织，他才有力量，要不然，他一个老农民，逃荒哩也不行。他跟地下党员常在一起，就了解党的发展和为群众服务。

"当年老西沟还有个叛徒，说这个地方有共产党，可他也不知道谁是共产党，就带上日本人、皇协军来'扫荡'。就是那罪恶滔天的'三光'政策，把柴火堵到一个窑洞口上，在一个小村烧死了16口人。这个人后来被抓了，共产党把他镇压了。

"1947年，我们这个村上，有一个排的人参军。李顺达也报名走了。到区上后，区上不让他走，叫他到后方做组织工作。武装部部长带着其他人走了。去了，饿着肚子，扛着长枪，还没有换上军装，就牺牲了7个。"这在前面就有提到。

"李顺达打枪很好，政府奖励了他一支步枪。

"老百姓当时是练石雷，村口上埋上石雷，日本人来了，就把他崩了。没有手榴弹，就是石雷。这些都是李顺达经常讲给大家听的。

"李顺达说过，他在最困难的时候，冬天就只有一条裤子穿，还是一条裤腿长一条裤腿短。为什么呢？因为没有补丁，破了自己就着缝起来。一双鞋，能钉到七斤半，打掌子（打鞋底），掌子垒掌子，那会儿就没鞋。

"李顺达最关心群众，能到哪一步呢？每年，我们要开一次羊工会，叫羊工提意见，是工分兑不了现，还是待遇低？老李就发现羊工费鞋，他就把自己穿在脚上的鞋给了羊工。羊工一年也回不了几趟家，这个媳妇在家哩，有男人，又没男人。他就要大队干部替羊工回家看看。细小的问题，老李都能体会到。他跟群众就在一块儿呢。

"现在，在西沟，这三四十岁的人对李顺达就不很了解。我每次在会上都要讲李顺达。

"毛主席虽然不在了，但感情为什么深？他是推翻三座大山的带头人呀。李顺达在我们西沟，就是这样。李顺达是个老实疙瘩，就是'听党话，跟党走'。

"西沟过去也是个穷西沟，谁也看不起，但是西沟就出了一个带头人，把西沟带起来了。

"就是西沟妇女解放，要没有李顺达的支持，我也同工同酬不了。我要跟李顺达一直生气，哪能同工同酬了？也不可能。李顺达是个好同志，他非常支持我。他是支部书记，就代表党支部了。靠党培养，也得有人培养。党跟农村的带头人，就是紧密相连的。

"我几十年体会，发动群众，带领群众，才能改变西沟面貌。光我跟李顺达，能栽这么些树？

"李顺达走出去，对西沟的工作也有损失。他就能深入了实际，感动了群众。

"李顺达魄力就很大，发现了问题，解决不了就不要想睡觉。

"李顺达在的那会儿，我还分管过五年财务，管得紧呢。

"群众困难，都想到大队借钱，我就不借给他，我说没钱。赶到秋收了，我就赶紧把队上的化肥买回来。有人说'你借给我点钱吧'，我说'队上的钱，我不能随便借'。她说'你私人借给我点吧'，我说'我也没钱'，她说'你借给我二十几块吧'。后来，我就把我自己的钱给了她，她就走了，后来也没还我。那时候二十几块钱值点钱呢。

"我管钱，一点也没出过差错。就为这，我才会写'准支'和'不准'，因为要签字。签了'准支'，就能取钱；签了'不准'，就绝对不行。

"一个人的成长可不是一帆风顺的。说实话，咱也能算一个经风雨、见世面的人了，政治运动过了多少？'三反''五反'、大炼钢铁、人民公社、学大寨，哪个运动我没经历过，很不容易。经济运动也一直有，我也都经历过。"

最后，她又说了前面已提过的那句话："毛主席为什么接见李顺达？是他把群众组织起来了。"

现在，再看一下1955年毛泽东为《勤俭办社，建设山区》一文所写的按语：

这里说的是李顺达领导的金星农林牧生产合作社。这个合作社办了三年，变成了一个包括二百八十三户的大社。这个社所在的地方是那样一个太行山上的穷地方，由于大家的努力，三年工夫，已经开始改变了面貌。劳动力的利用率，比抗日以前的个体劳动时期提高了百分之一百一十点六，比建社以前的互助组时期也提高了百分之七十四。合作社的公共积累已经由第一年的一百二十元，增加到了一万一千多元。一九五五年，社员每人平均收入粮食八百八十四斤，比抗日以前增加了百分之七十七，比建社以前增加了百分之二十五点一。这个社已经做了一个五年计划，实行三年的结果，生产总值已经达到五年计划的百分之一百零点六。这个合作社的经验告诉我们，如果自然条件较差的地方能够大量增产，为什么自然条件较好的地方不能够更加大量地增产呢？

家国相连

再听她讲婆婆、丈夫与孩子。

"我有个好婆婆，就在家里看家，给我管家。我能忙到什么程度啊？年三十晚上回家看看孩子就又走了。

"那会儿我当了农业社副社长，公公就说：'女人家，在村里当甚官哩？'还是婆婆理解我，说：'纪兰现在赶上了好时候，能当副社长，也是咱家的光荣。'那会儿争同工同酬，回到家就四肢散架，婆婆总是把饭菜端到我跟前。晚上开会晚了，婆婆就把饭菜给我悄悄留下。

"孩子们小，我天天在村里忙，就管不了他们，婆婆一把屎、一把尿地替我把孩子们拉扯成人。

"1980年，我公公去世了，小叔子、小姑子也都成家了，我孩子们也都工作了，家里就我跟婆婆两个，到晚上，我就跟婆婆睡在一个炕上。

"后来，她得了眼病，到市里好几个医院看过，求了好多人，最后做了眼睛手术，可她还是失明了，看不见了。

"我当了省妇联主席，每次我从太原回到西沟，婆婆就怕耽误工作，叫我不要惦记她。可是我要不回来，她总问村里人："纪兰甚时候回来？"村里人就跟她说谁去太原见着我了，说不几天就回来了。可是她要等不回来，就去邮局打电话。

"我小叔子两口子觉得我经常在外头开会，还要操心村里的事，就想把婆婆接到他们家伺候。可是婆婆不去，非要跟我住。婆婆还多心哩：'纪兰，你是不是嫌我瞎了，不想要我了？'我说：'我可没有那么想，只要你愿意，我伺候你到老，咱哪儿也不去。'婆婆就一直跟我住。我除了到北京开人代会、到省里开会要住下外，我到县里开会从来不住下，晚上总要回来。饭，我弟媳就给她做好吃了。这么些年，婆婆已经养成习惯，只要不打招呼，她总要等我回来才睡。

"婆婆总和我念叨：'纪兰呀，你可不能不要我呀，要不是我给你做饭、给你喂猪、给你看孩子，你能当劳模？你可不能忘了呀。'听着，我倒哭了。"

申纪兰有一张给婆婆梳头的照片，多见于纸媒，大家都觉得好，感动。

"每天早起，总要给她把脸洗了、把头梳了。开会回来，给她买点吃的，放到她那个饼干点心盒里。我去开会，要住下了，就把她送到我弟媳家。可是，要不给她带那个点心盒，你再怎么说不回来她也不信，这是晚上就要等你呢。我要给她带上那个点心盒，说晚上要回来她也不信，还说：'你要回来，怎把点心盒带来了？'我不吃肉，可总要给她买点肉，做点不重样的饭菜，给她改善改善生活。"

外面的人来了，夸她孝顺，说："你跟个好闺女也没啥区别呀！"一听，这是外话，不懂太行山老一辈人。申纪兰说："闺女跟媳妇可不一样，一个是出去的，一个在家。家国相连，国家兴旺。"

申纪兰婆婆活到93岁，老太太去世那年，申纪兰70岁整。

2007年，在第一届全国道德模范评选中，申纪兰被评为全国敬业奉献模范，我也因此和她结缘。但听她这一番讲述，她不也该是一个敬老孝亲模范？全国道德模范评选中，本也就有这一项。

接下来说丈夫海良和孩子，让人一下记住的，是她称海良为"家庭"，这是太行老传统。

"在省妇联十年，我没有当好家属，要不我就随军走了，我没有走。当时，上头都批下来了，叫我随军，可我没有去。孩子们，我也没有管，你哪能两全其美？"

我问她："在省妇联时要是转了户口，那孩子们不也跟着就转了？"

她说："孩子们跟去了，还安排不了工作？可我把这些好机会都放弃了。

"家庭呢，不管思想上有啥，大局还是跟我保持一致的。我们不是那种破裂关系，心还是往一处拢的。他说会支持我。我心里也想到了，他要不支持我，我也走不到这一步。孩子的事，都由他操心，他都管了，他对孩子们尽到了一个父亲的责任，我没有尽到一个母亲的责任。

"但是我要顾大局，工作第一。在那十年里，我没有带家庭、带孩子们住过宾馆，招待所也没住过。我严格要求自己，当干部就不能牟取私利。要是为了私利，那我还看不了孩子？这是最低标准了，是个女人还看不了个孩子、做不了个饭？

"1996年，家庭呢，得了绝症。他是肝癌，我接到孩子的电话就去了医院。肝癌晚期，我跟孩子们在医院陪了他两个月，到省里请名医给他看，不顶用了，癌细胞都扩散了。

"那年中秋节，我把他接回家，接回西沟，他都滴水不进了，最后，还是走了。

"家庭是个好人，他从部队转业到长治城建局工作，我一直在西沟，他想把我的户口转到长治，我不愿意离开西沟，他还是支持了我。

"那会儿我在养猪场，大年初一都不能回家。我姑娘跟孩子叫我回去，说：'妈，咱回家过年吧，人家都回了家了，奶奶叫我来叫你呢。'

"我说：'你都走吧，告诉奶奶，我在猪场呢。你们回去，该好好吃饭吃饭，我早早就去看你们。'我就不能走啊，走了，狼吃了猪怎么办呀？我跟孩子说了说，叫他都走了。

"我把公事当重要事，大事大办，小事小办。没有把自己事当成主要事。"

"那她丈夫怎么办呢？那可能就很难建立卿卿我我、耳鬓厮磨的这种关系。因此她和丈夫的关系，也有政治学习的一面，比如要求他思想领先、政治进步。他身体也不好，精神也不快乐，还挨领导批评，回家很少，长年在长治市生活。"赵瑜说，"我见过她丈夫，我们小时候见她丈夫一个人在行署大院里住单身宿舍、吃食堂。"

赵瑜又说："家庭生活淡薄这一条，可能是在共同的政治活动中许多人都有的，这也不光是老申一家。很多家庭过得也不见得好，开会过多，任务过重，斗争过于尖锐，形势过于严峻，这都有可能导致家庭生活苍白。

"她呢，这是咱干啥也不要因为家庭生活拖累了工作。这种东西，也是我们半个世纪整个国家的政治生活的悲哀。我们不避讳谈这一点。

"申纪兰这个人物，表面上看，她只是一个太行山农妇，实际上，包含了很多东西。她在政治生活中也较少述说，也在自我表达中有意识地规避一些东西。我也想对她开展更深入的调研。"

1996年9月28日，申纪兰的老伴张海良去世，申纪兰陪老伴走完了最后的人生路程。从1946年到1996年，申纪兰和张海良经过了50年金婚岁月。

在申老身边陪伴八年的张娟说："申主任总说：'我有个好婆婆。'可是，她对家庭的事情却不愿意多说，我们也就不多问，我们在她身边做研究，说到底记的还是大历史。

"这个人就不可能十全十美，一般也是，顾了工作就顾不了家庭。申主任就感觉自己愧对家庭，没有尽到一个当母亲的责任。当然，孩子们对这一点也很理解，她很不容易。

"出去开会路过孩子家门口，想去看看孩子跟闺女，也是想孩子呀，可她在门口看看就不进家门。为什么呢？她公事、私事分得很清，有这些细节。

"有时候，她会坐下来跟我访访从前，访到家里，访着访着就哭开了，确实，很不容易。"

就恋这把土

不少朋友在对她采访时都跟着她去过她所拥有的责任田，一般她还会扛个锄头、铁锹在地里干上一阵子。

前些日子，西沟党支部书记郭雪岗讲，她个人有七分地，我还稍有些吃惊，以为是自己的记忆有误，因为我比较清晰地记着她远不止这么一点地，而是一亩多、近两亩的样子。2020年春节时，我和赵瑜对话，赵瑜说她有两亩七分地，难道是我们都错了？

答案就在前面写的"土地下放"里：西沟的土地每七八年就会进行一次重新分配，而不是什么50年不变、30年不变，这样使村民对土地的承包、使用更加合理。如她，在失明了多年的婆婆去世后，婆婆的那一份地到变化年内就调整出去了，归到了添丁添口的人家。

我请赵瑜对她做个总结性回顾，特别强调了她2019年9月获得"共和国勋章"。奖励这么高，从国家层面来讲，大概都是空前的。赵瑜就说，一个是她身上的历史性走向，这是中华近现代史上妇女解放运动的延续，一个是多年的全国人大代表，从第一届到第十三届，她全部参会。他说："她始终是一个农民，这一点，我觉得非常重要，她有耕地而没有官。你可以讲她是省妇联主席、长治市人大常委会的副主任，但那是名义上的，是组织上希望的；西沟村，她是党支部副书记，这是实职。她一生都没有转户口，是永远的平顺县西沟人。"

这是中流砥柱，河水落下来便凸显出来。以前几次对话，赵瑜都谈到了变与不变，"要看到渐变的地方、突变的地方，更要看到不变的地方"。我第一次写申纪兰，就引用了这句话。现在看，仍是这意义，概括性很强。

赵瑜说："而她承包了多少地，这个需要调研，我记得是两亩七分地。村里年轻人都去帮她收割、播种。我就拍过她在自家地里收拾玉茭秆，腰弯下来，哗哗哗的，很会做农活儿。她承包的土地是和村中老百姓一样的，她和婆婆两个人，两亩多不到三亩地。作为山西省平均土地，她这样的户口就是两亩，山区土地稍多一点，但是多是小块地，地的质量差。她这两亩七分地肯定是要有收成的，这可以计算出来，按照正常年份，种玉茭能收多少钱、栽种果树又是怎样一个收成。

"作为一种史料性，应该有这些客观上的东西。"

说土地，也是为说人。"如果她平常飞扬跋扈，管闲事太多，那她也做不下去。实际上，多年考察下来，像她这样的人，也只有在本地大家没有提出过反对意见才能走长远。

"街坊邻里间，她从来没有挑起过矛盾，人际关系处理得很好。她总是在本村去解决别人的纠纷。她从不挑三祸四、欺负别人，反过来呢，能帮人多少就帮人多少。她也不会刻意，要怎么样就怎么样，是这样的角色，非常值得我们重视。农村里的矛盾、纠纷，那可多了。"

2005年，西沟搞新农村建设，她跟村里人一样盖了新房。

申纪兰说："拆旧房之前，大家说应该留下做展览。我说不要，有老李家一个展览就行了。我那个邻居，我两家合用的一个山墙，他要不盖，咱也不能拆；他跟我说：'嫂，咱要好好弄。'我不能多占这一节，他拆了，我不弄，我就多占了，这样，两家就一起弄。

"西沟集体这么多树，都给群众批。张高明也好，王根考也好，都同意给我砍点好椽、好檩条。我不要，说不清楚。你出了钱，能一户一户跟群众说呀？我在外头买的材料，那就没人说闲话。咱村里的树好，社员们都拣最好的。通椽，我买的就没有人家的好。

"这事，我还得自作主张，不能跟家里人商量。咱一说了，家里人要说'你弄上多好，咱该出多少钱出多少'。不找这麻烦，不跟他商量。

"咱要是先盖成好房，群众比咱房低，那群众的生活水平就低。你把那个楼来盖得高高的，对大家的影响就不好。群众住上了，咱要不住也不好，人家会说：'你就不盖，故意不好吧？'"

也真是，她每天晚上会扪心自问：今天说错了什么话吗？哪些地方我做对了？一日三省吾身。

赵瑜说："我们说，申纪兰固然有她的历史局限性，但她从来没有做过坑人害人的事情，从来没有做过违反乡规民约的事情，从来没有做过农村传统文化中被认定是恶的事情，真善美和假恶丑之间，她从来没有站在过肮脏的一边。

"如果在平顺县，人们一见你就讨厌得不行；再比如长治市，地市一级的人们反对你当人大代表，你也当不长。即便你能坚持一两届，断然不会坚持十三届。

"老申，做人没争议，在长治人、平顺人、西沟人中没非议，这很不容易。因为中国农村社会环境很严酷，包括县委、县政府多年的领导更替，你方唱罢我登场。我就在一个县委书记的办公室见她来过，她说：'李书记，我要去北京了，看看咱县上有什么指示呀？我去了北京给咱汇报汇报。'出发前要请示，回来后要汇报。"

再说平时生活。"村中有几个非常困难的'五保户'，公社没钱，管不了，她都管。人死了，包括穿寿衣啊，她给穿。她能给死了的哑巴老羊倌拉灵，为其送终。那天下着雪，她抬着棺材，摔倒了赶忙爬起来，又顶上去。

"对此，也有人说，她是专门做给人看的。好呀，那你也来给咱表演表演，做给大家看一下？"

此次进行外围采访，我获知了她在本村生活中两个小细节，一个是她门上的锁。她的旧房子上的是个假锁，一拉就开了，西沟的乡亲邻里有不少人知道。另一个是她吃饭的粗瓷大海碗常常弄丢，过一段时间就弄得家里连碗都没了。

为什么？她爱利用吃饭时间端个大海碗串门，为街坊邻里处理一些人际关系问题，调和大家之间的矛盾和纠纷。话说久了，碗放下了，就忘了。

吕日周说："她自己家呢，进去以后，炕是个冷炕，她没有时间照顾家里，没有时间烧炕，冷锅、冷灶、冷炕。做饭的时候，也很简单，就那么一个大碗就完事了。端着碗就去给谁家做思想工作了，一碗有稀的、有稠的，和子饭。边吃边说，吃完了就下地干活了。碗就搁在这家了。所以她家里碗也没几个。在这吃了就放到这，然后下地干活，下顿在另一家，碗就搁在另一家。就没个正常的家庭生活。"

我感叹道："真是献给西沟了。"

吕日周说："是了，她就说自己是太阳底下晒个人。"

赵瑜说："各家有红白喜事，都请她管账房，大家都信任她。对此也有零零星星的报道，但是都没有作为重要视点来进行分说。"

倒是她自己说得很清楚："村上谁要办事，咱积极支持，有些困难不好解决，咱帮帮忙。拉电了，给他找个电工，还有做饭这些，找大师傅、找贴厨的。咱应了主管，就得帮他们把这个事办好。结婚是老百姓家里的头等大事，干部就要为他们服务。"

"到办事这一天，我早上五点半就去了。"她也喜欢热闹。

"那会儿，我们党支部就把'五保户'当成个中心任务，我们大队埋了好几个'五保户'。说实话，我都亲自参加。特别是有一个哑巴，他不会说话，他妈死了，就他一个人。他也能劳动，可是他就不劳动，后来就参加了大队的'五保'。

"哑巴那会儿是去大队领粮食。他没有粮了就来找我，啊啊啊地比画，我就告诉他，让他拿上布袋就给他分了。过年过节，我总是要关心关心他，要赶上生病了，我就看着张章存给他输液。

"哑巴死后，社会上怎埋，我们大队就怎埋，该弄甚就弄甚，不因为他是一个哑巴、一个'五保户'就有什么不一样。

"那个哑巴不怎通情达理，有时候爱跟人家生气。可我说说他，他就不敢了。

"还有一个'五保户'，是池底村的。我们大队把他老两口都葬了，埋得好好的。

"还有一个，是东峪沟的，是个羊工，他也是个'五保户'。我们全村人给他送葬，下雪天，送了他八里地，送他到那个坟地里。"羊工，就是前面讲到的那位，申纪兰照顾他多年，最后又为他拉灵、抬材送终。

"这都是西沟党支部的关怀，没有集体谁给你弄？"

老党员张保虎说："你越是在困难、没办法的时候，申主任越是来帮你。"张保虎修路时受伤，加上糖尿病，伤口不易痊愈，申纪兰又是帮助他找好大夫又是给钱。

村里有一个"五保户"叫张买女，申纪兰再忙也总要抽时间给她拆洗缝补、买粮打油。申纪兰过年不舍得换新衣裳，却总要给张买女换一身新的。

老羊倌张根则得了重胃病，申纪兰急忙送他到医院救治。张根则去世了，申纪兰给老汉洗脸、剃头、穿寿衣。

老党员张章存说："纪兰见不了群众难过，谁家有病了、孩子上学了，手头转不开了，她总会掏出钱或送上门去，少的三五十元，多的三五百元。"

2014年5月一个清晨，她和采访她的社会学家说："等会儿参观的人来了，给他们讲讲就得赶紧领人看病去。"她要带村里人去长治和平医院。"就是以前在展览馆做饭那个大师傅，他挺好的。他自己去了找不着人，叫我带他去看看病，不是食道上的事就是胃上的事。这个是大事情，救命呢。"

群众有困难了，尤其是生病这事，出去很难。一找过来，她就自己带他们去。"谁有了病，住不了医院，我就送他去。"

早年间，村里有个七岁的小孩胳膊断了。"我跟司机大雪天把他送到医院，最后治好了，现在在外头打工呢。

"像张建荣，他搞建设跌了腿，我晚上下了工送他到医院。当时，医生都下班了，我想办法找到，给他安排了。我还跟他在医院住了一夜，早上才回来。

"第二次，他又折了腿，又给他接上。现在，一点问题都没有，不残废。那好医生就是好。"

这也是多年前的事。张建荣接受电视媒体采访时，还让人家看他的腿，确是没什么问题，不影响他劳动。

"还有一家，爷爷奶奶都是双目失明，那个孩子也不知道怎么出了事，出血很多，眼看着就救不了了。那个瞎子来找我说：'哎呀，申主任，你可得救救我孙子呀，我孙子才多大点呀。'我就叫司机带上孩子去了和平医院。孩子流血很厉害，看着好像过不来了，我就找好医生很负责任地把孩子救下来了。这会儿长多高，搞副业了。"

这样的事数不胜数，她说"十件八件也不止"。

她和群众的关系处得非常融洽，既在她多年尽心竭力的付出，也在她胸怀坦荡，心底无私天地宽。"你说，一个共产党员还能不吃饭了？"

她继续往下讲："你跟我关系好，我该怎么还怎么；你跟我关系不好，我也该怎么还怎么；你就是骂了我，我跟你该好还是好。因为你是群众，我是共产党员，要走群众路线。做不对了，你骂了我，我能发现哪儿做得不对、哪儿做得不够。我要对了，你骂了我，你也有亏。

"咱村里有个郭三妞，她跟我说有个人骗了她的钱，可有人就说我歪来，三妞就说：'又不是她叫他来骗的。'群众还是讲理的，就说：'谁骗钱，你找他，你骂他，可是你不能说成是人家申主任的过。'有觉悟吧？"

社会学家说："老百姓过后会想的，说人家申主任当年给咱弄啥来，现在也没人给咱弄了，那时候就想起你的好来了。"

申纪兰说："他想不想吧无所谓，他骂就骂吧，我就想自己的孩子还骂你呢，不要说群众了。"

为了西沟百姓，她可以把端起的饭碗撂下，敢在风雪天上路。反过来，她每次外出，邻居们便自愿地替她料理家务。她回来晚了，乡亲们提着灯去接她。别看她是国家的大名人，但西沟人谁也看不出她"名"在哪里。她端上一碗饭，进东家，出西家，和街坊邻里拉家常；哪家婚丧嫁娶，哪家满月过生日，都能见到她高大的身影。还有，她爱抽烟，能喝酒，爱打扑克，也爱凑个热闹，普通得不能再普通。记得在西沟有天晚上没事，我们在和几个相熟的人喝白酒，她也来了。没有菜，干喝。结果，大家喝得昏天黑地。后来她还借着酒兴，给大家唱了几句上党梆子。说起乡土观念，申纪兰，本身就是。

申纪兰说："只要我活一天，就要为西沟的群众奔波一天。"

再说说她和村干部们的关系。从李顺达、马何则、张俊虎、胡买松、张高明、周建红、王根考，一直到现在的村支书郭雪岗，加上那么多的支委、副村长等，说她和他们完全没有矛盾、没有说法，本也不现实。有矛盾产生，就解决矛盾，家乡发展的事业才能向前推进。

我常问自己什么是最厉害的？大家的利益都在此就是最厉害的。换言之，我们同在这一个锅里分食，勺子与勺子自要搅在一起。

赵瑜的原话是："那她是非常严格要求他们。比如说乡下赶会了，这村与村之间的干部们也是互相走动的。你去了人家那里了，人家很好地招呼了你。逢西沟赶会了，别村的干部也会来，你是不是也得要招呼人家啊？尤其咱晋东南乡下，那是十分重视礼尚往来的。所以，人家来了，你招呼人家买块驴肉啦、拿瓶酒啦，她都要检查你，问你用的是什么资金，是大队的钱呢，还是个人的钱？"

"张高明，老村干部，接了胡买松的支书后，在村上干的时间也是比较长的。他就会说，他们在村上招呼个人挺为难：不买吧，你对不住人家，你去了人家村，人家可是尽量招呼你呢；买吧，你又怕她怀疑你。这个，她是真的要检查到的。"就这些干部们来说，烦不烦？

申纪兰吃素，最反对人们大酒大肉，铺张浪费。她当然没错，可是有一条，这里有一个尺度，从今天中国乡村社会发展的角度衡量，她的艰苦朴素标准就很严苛。郭雪岗当支部书记前，做了比较长时间的西沟接待站主任，对她这一点可以说最了解，雪岗就说："比方有个香蕉，中间烂了，她会把烂的刮了，自己吃，舍不得扔。"

反过来呢，她还常常抱怨他们呢。对张高明支书，还越多些。他们呢，多听她的话，但也理解也发愁。

申纪兰说："我就支持他工作，咱不能主事。咱是副职，人家'一把手'算话。

"高明，他的想法挺好。支部书记'一把手'，没有点打算就不行。高明有能力，他能调动兵，他是总指挥，实干他不如王根考。根考是总指挥不行，各有各的特点。

"像根考这样，一个人干呢，那其他人就没责任，都在他身上，有事都找他，就发挥不了其他支委的作用。

"高明批评了他们，还得叫他们满意；处理了他们，还得叫他们干活儿。他就掌握了这几个干部的特点。

"有人说：'你就不敢跟人家高明说。'我说：'我说是说，人家对了，我就不能说；不对了，我不能当着人说。当着人说，就打击了他当领导的威信。'

"就根考，在会上我也不说什么。他是支书，我得围绕着他呢。背着人，说说他可以，不能当着人说。张俊虎那个时候，总跟根考生气，我不跟他生气，我支持他工作。我要再和他生气，他就不能干了。"

郭雪岗也说："申主任个性稳，不急躁。她当西沟这个副书记，有不同意的事情，书记说了，她在会上绝对不会和你唱反调，说这个事情非得怎么办怎么办。但是会下，她就要跟你说具体是怎么想的，我们应该怎么做。会上，那她就是要维护你书记的威信。"

我跟她讲："西沟党组织不错，很坚强。"

她说："领导当家三年，谁还不待见呢。人家谁不合适，你都得说？我要当一个老百姓，一直是个好老百姓。咱就不说，见了歪的也不说。你又不是领导，说人家干甚？拿咱农村话来说，谁当家谁惹人。惹对了的，大家理解；惹不对了，大家对你就反感。就跟我一样，走这步路，多少人看着呢。我要是看大家去，哪能都瞧见？瞧见你了，瞧不着他。大家瞧我，走到哪里都能瞧见。

"当农村干部不容易，当一个好农村干部更难。做点好事并不难，难的是真正给群众办实事。"

她能讲得这么言简意赅，主要在感同身受。

前面提到了老太行传统，那是久远历史在她身上的沉淀。还有一面，则是她身上这种新乡土精神，当年追求男女同工同酬都能纳入这一范围。

纵观她这长长的一生，她都在努力使自己成为一个"新人"，能跟上新时代，适应新时代。

郭雪岗说："申主任身上有好多特点。她每天晚上吃了饭就看《新闻联播》，什么克里米亚、什么乌克兰，她都知道。咱们有时候忙得顾不上，可人家不是，除了特殊情况，中央台的《新闻联播》她是每天必须看，坚持了很多年。申主任以前识字不多，现在，人家那个签名写得好着呢。"

赵瑜说："她跟我讨论过很多问题，比如说'科学技术是生产力'，还说很多东西用不了，比如电脑呀、外语呀，一系列的都跟不上，说这怎么弄啊？

"她年轻的时候学会了新法接生，曾经替西沟这一带接生过100多个婴儿。她不就是乡村中的林巧稚吗？另外，参加扫盲班、学写字等，她都有很好的表现。"

申纪兰说："以前我们争取平等的劳动权利，后来盼着吃饱穿暖，再后来想着要实现了'楼上楼下、电灯电话'，那就'顶天'了。

"现在，如果要说村里最大的变化，就是有了电商。老百姓在家里就能把花椒、党参卖到全国各地。"

近期，省里提出发展"山西药茶"，她的话是："像我们平顺、西沟，满山都是连翘，要把这个发展起来的话，那不得了。"而我呢，完成此作后的第一个写作任务就是写"山西药茶"，省里出具的信函有长治、有临汾，其中平顺的药茶企业已在外产生了影响。重走平顺路，并到西沟去采访，亦是这个任务中的"任务"。

作为写申纪兰的一个作者，我从2019年冬天签下写作合同，即常有心音，怦然跳动："我们间情感上的纽带在哪里？"

赵瑜第二次为她拍纪录片，我曾找专业录音棚录了两版《太行颂》（王立平、纽宇大词，王立平曲），赵瑜要用它作片尾曲，我因此竟得了3000元稿酬，业余歌唱事业忽感不同凡响，尽管后来也不知道最终送审是否通过。

但我还是在追寻这根情感上的纽带。肯定是找到了，同样是一首歌——《就恋这把土》，是央视版《平凡的世界》的主题曲，由张黎作词、温中甲作曲、孙国庆演唱。我在这首歌里，看到也感受到了一个更加真实的申纪兰。

就是这一溜溜沟沟，就是这一道道坎坎。
就是这一溜溜沟沟，就是这一道道坎坎。
就是这一片片黄土，就是这一座座秃山。
就是这一星星绿，就是这一滴滴水。
就是这一眼眼风沙，就是这一声声嘶喊。

哦……这一声声嘶喊……

拴住我的心，扯着我的肝。

记着我的忧虑，壮着我的胆。

拴着我的心，扯着我的肝。

记着我的忧虑，壮着我的胆，壮着我的胆……

就恋这一排排窑洞，就恋这一缕缕炊烟。

就恋这一把把黄土，就盼有一座座青山。

就盼有一层层绿，就盼有一汪汪泉。

看不到满眼的风沙，听不到这震天的呼喊。

哦……这震天的呼喊……

暖暖我的心，贴贴我的肝。

抖起我的壮志，鼓起我的胆。

暖暖我的心，贴贴我的肝。

抖起我的壮志，鼓起我的胆，鼓起我的胆。

浑身是宝

申纪兰的名字，早在20世纪50年代便家喻户晓：她曾先后13次见到毛泽东、周恩来；她和邓小平照过相；江泽民称她"凤毛麟角"；胡锦涛、习近平、李鹏、朱镕基亲自到西沟村看望过她；她赴苏联见过斯大林；作为新中国的妇女代表，到丹麦哥本哈根参加过世界妇女代表大会；越南领导人胡志明、朝鲜领导人金日成接见过她；美国著名记者斯特朗采访过她；苏联青年英雄卓娅的母亲给她写过信。2008年，我为一篇稿子再赴西沟采访她。谈及时事，她还向我说，当年她不光见过达赖，还曾投过达赖的票——她对"藏独"妄想分裂祖国的行径痛恨之至。

申纪兰老人，思维敏捷，精神抖擞；讲起话来不光一针见血，还十分风趣。我们中的一位朋友这样写道："再见申纪兰，她依然是太行深处普通劳动妇女的朴实形象：身上依旧是那件蓝色的老式西服，脚上是一双黑布鞋，一头白发染得浓密黑亮，一双大手布满老茧，但与人相握时能让人感到温暖和踏实。她眼不花，腰不弯，走路昂着头，说话声音洪亮，精神头与实际年龄相差甚远。"她身心皆健，尤其是爬西沟纪念馆那几段似乎是悬在半空的台阶时，我落在她的后面喘着大气，怎么也跟不上，望着她那似已升入凌霄的坚劲背影，你不敢也不相信她已是一位80岁高龄的老人了。

所以，老省委书记胡富国说："申纪兰浑身是宝。我对申纪兰的评价是很高的。"

2015年时，胡富国曾和媒体人讲："我总共去了西沟六次。"

当然，这也包括他1994年、1995年分别陪同朱镕基、李鹏、胡锦涛、姜春云等党和国家领导人视察西沟（李鹏总理当时到平顺留村考察别的项目，他在平顺和长治接见了申纪兰，还特别赠送给她一个精美的小闹钟作纪念）。胡富国书记在接受采访时，会说一两句"一笼统"的话，上来说申纪兰："这个人啊，她是很出名的，这你们都知道，还没结婚就出名了。"申纪兰没结婚以前，只到县上领过一个妇女支前奖，"评比会上成了支前模范，得了一支锭。站在大会主席台上，还戴上了大红花"。这比胡书记说的出名（估计是指"同工同酬"于1954年写进我国第一部新宪法）早好几年呢，话不精准，却也不影响他的意思。

2001年，我在《山西青年》杂志，曾与太原市城建委合作，写过一篇《汾河公园一周年备忘录》。那份长达六页的《备忘录》，记下很多关于汾河公园建设的大事。可真正把黄河水灌入这汾河公园的总头目胡富国却鲜有出现。

简单举这些例子，也是给后文做铺垫。实际上在胡富国调离山西后，申纪兰在长治地方上也有过一个短的沉寂期，而这又主要体现在西沟展览馆上，下一节会具体展开。

"有一年，省里开文联和作协代表会，胡书记拿了稿子上台作报告，他念着念着就烦了：这稿子写得文绉绉的，不用它也好啊——说完，他就真的把稿子放到一边，放开嗓子，用他那格外痛快的上党话，向与会代表推心置腹地作了一场生动的报告——一个省委书记关于文艺与文学的报告。这样的省委书记，至少我们山西人民是多年没见过了。"

1996年6月20日，胡富国书记进京履新，山西万民到太原火车站广场一带为其送行，场面之盛大感人，实属多年不得见。山西老百姓对他的爱戴，就源自老书记干了大好事，在他抓经济建设之外，当年山西干群实有一种精神凝聚力，这和他力倡艰苦奋斗，包括学习申纪兰都有很深的关系。

胡富国说："朱镕基、李鹏、胡锦涛、姜春云他们，全部是冲着平顺西沟这个老典型去的。看完以后，高兴在哪里呢？就是说，平顺西沟这么个穷山沟能变化到这个程度，确实不容易。他们就谈到，当年毛主席树起来的这个典型是好的，在历史上起到了积极的、先进的作用；毛主席很善于抓典型，西沟能有这样大的变化太不容易，这是一个基本观点。

"申纪兰这个人呢，确实是在劳动人民中间，普通的农民干出了不普通的事业。他们也听说过她的好多事情，说申纪兰这个同志，特别是在'文化大革命'的时候，叫她到省里边来工作，她还不要，要回到这个村里来，这种人是很少的。他们对申纪兰是很尊敬的，对她的评价是很高的。"

说西沟，讲申纪兰，带着这些党和国家领导人去西沟、到平顺，咱胡富国书记还有自己的目的。"为什么他们当时要去呢？这是我在汇报修太旧路的时候没有钱，特别是向江泽民同志汇报了以后，我说山西修太旧路要56亿元，没钱。"

"后来，我发起修建太旧路捐款。我把群众发动起来了，捐了2亿多元，感动了中央。中央支持，路才修成。

"当时，我就提出来学习锡崖沟精神、学习西沟精神、学习石圪节精神（石圪节煤矿，是20世纪60年代树立起来的艰苦奋斗的一面旗帜）。"这都是太行山的精神。

修建太旧高速公路是这样，上马万众瞩目的引黄入晋工程也是这样。

"你看，引黄工程要统一大家思想，我开动员大会就把申纪兰请上，以她为一面旗帜，统一大家的思想。我说：'西沟能办到的，我们为什么办不到？你条件再差，比西沟还差吗？'我说：'现在西沟山上那些树是咋种出来的？'就是利用西沟的力量和作用。我把西沟这个先进典型给搬出来，大家就没说的了。"

于是乎，申纪兰就上前给大家鼓劲儿，说她那些闪光的格言。

应该说，山西在这一时期掀起来一个学习申纪兰精神的热潮。

胡富国非常有政治宣传眼光，他把锡崖沟精神、西沟精神、石圪节精神和申纪兰精神统一在太行山精神这面旗帜下，全面推向了山西社会。

申纪兰说："领导带了头，群众不发愁。"

申纪兰说："过去是愚公移山，现在还要艰苦奋斗。"

申纪兰说："啥叫模范？吃苦在前，就叫模范。啥叫干部？领先一步，就叫干部。"

申纪兰说："打铁首先自身硬。"

申纪兰说："金钱像水一样，缺了它，会渴死；贪图它，会淹死。"

……

这些朴素的申纪兰格言，后来又因全党开展先进性教育活动，而在中国大地上广为传播。

是的，朴素的思想情感出大才华。这是我们研究赵树理的一点心得。采访申纪兰，亦有此感。想想，从"金皇后""将军楼"开始，到诙谐幽默的顺口溜，再到以上格言，可以说，形象思维之外反而体现的是实践者、思想者力透纸背的精神力量。当时全党先进性教育活动开展以后，申纪兰作为典型代表，在长治、太原等地亦作了多场大型报告，且场场成功，掌声雷动。别说看稿子了，她水都不要喝一口即可金句迭出地吸引着大家听几个小时，俨然一位演讲大师。临汾师范大学出了名的演说家景克宁先生，恐也就这个水平了。当你回头，再看早先留在迎泽宾馆房间里，为大会上一个发言急得一头汗，急得团团转的申纪兰，真是感慨。当时，那比她在西沟掏茅房、出猪圈、砸石方都难。可她没办法，模范和头上的光环，是时代的选择，也是她的命运。

确实，申纪兰的人生在飞越。今日世界，不再以单一的生活生产方式来结构中国农村社会，申纪兰也由60多年前那个风华正茂、朝气蓬勃的女青年，变成眼前这个满脸皱纹的耄耋老者，在她身上，我们却也看到了渐变的地方、突变的地方和不变的地方。

信念并不以时代的变化而改变；精神亦不以历史的变迁而消亡。

我2008年6月发出那一稿正是这样写的。现在，再回来看申纪兰讲胡富国的一番话，亦很有意义和启示。

"胡富国很好，他走的就是群众路线。一次，他在咱家里头坐着，我拿了个苹果说给他洗洗吧。他说：'哎呀，申大姐，我是农民的儿子，这么个小苹果擦擦就行了。'"

"胡富国修太旧公路、搞引黄工程，都让我们这些带头人去看了，我还去过偏关老牛湾那儿。哎呀，多难呀，把黄河引进来了。也有人说了呀，引黄工程50年代就提出来了。提出来，那你得给办了呀。可是，人家胡富国给咱办了。"

太旧，引黄，多少年都是山西最重大的事情之一。"我们一起向中央反映，得到了国家支持。当时，胡富国就提倡艰苦奋斗，号召全省的干部们为修太旧高速集资。最后，集资款都还给了大家。胡富国给咱山西办了大好事大实事，解决了大问题。"

自己的事，申纪兰忘了？这个不会，是她不愿老讲自己。

1993年4月4日，山西省委书记胡富国视察西沟。胡富国问申纪兰西沟最大的困难是什么，申纪兰回答"是吃水问题"。胡富国后来从省里批给西沟300万元专项资金，专门解决西沟群众的吃水问题。

1993年6月22日，中共山西省委组织部、宣传部联合作出《关于开展向优秀共产党员申纪兰同志学习活动的决定》。决定指出：要学习申纪兰同志忠诚地实践党的基本路线，对共产主义坚信不疑，走社会主义道路坚定不移的高度政治觉悟；要学习申纪兰同志坚持改革，锐意进取，始终带领群众实现共同富裕的强烈责任感和使命感；要学习申纪兰同志自强不息，艰苦奋斗，始终把工作放在自己力量的基点上的创业精神；要学习申纪兰同志廉洁自律，无私奉献的高尚品德；要学习申纪兰同志艰苦朴素，密切联系群众，永不脱离劳动的优良作风。

1993年10月中旬，省委书记胡富国在山西电视台直播全省"三项建设"动员大会上，号召全省党员干部群众学习申纪兰的艰苦创业的精神，把山西经济建设搞上去。

1994年元旦，申纪兰出席了山西省劳模代表、农村改革先进单位代表座谈会，西沟办企业的探索得到了省长孙文盛的赞誉。

把这些事记放于此，就是最强有力的说服力。胡富国是不是一个政治家，我们不好评判，但他有此素质是显然无疑的。当时老百姓就夸："胡富国号召学习申纪兰，实在是好。"

胡富国说："1993年，省里作出向申纪兰同志学习的决定，也是山西改革开放以来的第一次。"

今日，胡富国评价申纪兰时又说了最重要的一句话："在申纪兰身上，集中了中国农民所有的优点。"用他那"一笼统"讲，是："中国农民所有的优点在申纪兰身上都集中了。"像差劲的西译，却言明了道理。他讲自己是农民的儿子，若不然，说不来这话。在我看来，也似郭凤莲那句"咱天下农民是一家吧"。很厉害，接受过土地的教诲，是直接抵达。

胡富国半带重复性质地接着往下说："都集中了，都体现了，就是个楷模，就是个标本。你好好琢磨啊，天天早起给她那个瞎眼婆婆梳头洗脸；孩子不是她亲生的，是要下的，你看她对他们多亲；当了官，'知道自己不应该当官，硬逼我当官，我不干了'，到厨房帮炊事员洗锅洗碗，在办公的地方开会，提前把地给人家扫了。你说读马列，她能分清什么是马列？一句话，把中国农民所有的优点都给她堆上去——她和邻居相处，宽容、勤俭。你看现在我给大学生村官开会，都要把她请去，她不是老村官吗？去那儿了，就还是那么几句话，掌声是哗哗的。包括在饭桌上吃饭，掉下饭来，她捡起来就吃。中国就需要这种人，我向大家讲：'你看人申纪兰，多出名，多朴素，忠孝，爱劳动，尊老爱幼，一身优点，是个宝。'"

应该给他鼓掌，用他的话说："掌声是哗哗的。"

"可是，完了，我调走了。我本来要搞申纪兰的电视剧，我都和申纪兰说了，我说最好是电视剧。我都有这个计划了，和崔光祖（时任山西省委宣传部部长）都谈了，我说：'咱再穷，也完全应该给申纪兰弄个电视剧。她是我们的财富，完全能代表了我们中国，农民的典型只有她。'可是我走了，没人给她弄了。

"后来，晋城那边搞了个电视剧，还叫我当了个顾问，我同意了，弄完报上去就没音了，到现在也没出来。我把这个电视剧在大学生村官中都放了，宣传申纪兰，有啥错的？

"这个电视剧没发出来，我心里不舒服，我还专门给北京写了一封信，我说'这个我是顾问，怎么没弄出来？'你看，我在山西我讲了两面旗帜，改革开放，还有艰苦奋斗。申纪兰就是艰苦奋斗。"

这后面，他还说了几句话："申纪兰很不容易，她很宽容，很人性化，很有觉悟。共产党员，要讲党性，但是，基础是人性。没有人性，哪能解放全人类？"

这边，是申纪兰老人对土地最后的眷恋。这是新华社的文稿，发表于2020年6月28日之后，人们从中知道了，她名下的责任田又从七分变为了四分。

去年秋天，申纪兰在自己的四分口粮田里收获了最后一茬玉米。到冬天，西沟村党总支书记郭雪岗和她一起挥舞着农具，把地里的玉米茬根一个个刨出来，为今年的种植做准备。

今年，申纪兰实在种不动了。"她就催我们，该下种了、该除草了，督促着我们把地里的庄稼种好。"西沟乡组织委员、在西沟村驻村12年的宇文杰和几个同事不敢让她的地荒了。

站在村子的路边，能看到这一小块玉米地，绿油油的苗子比周围地里的要高一些，壮实一些。"她说种地和做人一样，人哄地皮，地哄肚皮。种地就实打实地种，别人家上化肥，她坚持往自己的地里上粪疙瘩。"申纪兰的邻居、81岁的张相和说。

西沟的地金贵，1940人的村子，耕地面积才1080亩。申纪兰舍不得浪费，况且这些地都是她带着大家一筐筐背土将薄田变肥的。

度量衡，压舱石

前面讲西沟展览馆一度凋敝，展馆关了亦有较长时日。随着胡富国1996年离开山西，全省艰苦奋斗口号的高呼逐渐回落，西沟呀、申纪兰呀，虽不能说因此受了冷遇，但群众中的那股子热乎劲儿退了，变得波澜不惊。人们说，改革开放事业多还需要经济支持，西沟展览馆这样红色传统教育基地，没有持续的经济作后盾，单凭西沟党支部和申纪兰个人的力量就不能继续办下去。

后来申纪兰向吕日周说起，老太太不但流了泪，还说了不好听的话。

吕日周说："老大姐一辈子不说人的坏话，能向我讲这几句，你想她心里有多大委屈？"

赵瑜因拍申纪兰的专题片，跑西沟、住西沟的时间都多。

他说："西沟，曾经一度经济一般。她这山区，主要也是没有什么资源，除了树——满沟满山的树以外，还没个啥，怎么办？就曾经受到过冷落。"进入20世纪90年代中后期，尤其是西沟展览馆彻底萧条了。"残窗破锁，玻璃也没了。其中有一次，我就是从玻璃框中间钻进去的。我说：'现在有点可惜，你要承认这段历史，不要搞历史虚无主义，既不要吹捧得比天还高，也不能说它本身不存在。'

"'西沟展览馆'几个字，是郭沫若题写的。那时候是白扶疏（曾做过晋东南地区文化局局长，后在晋城市委宣传部副部长任上离休，书法家、诗人）他们作为建馆员，上北京找的郭沫若。

"像这些东西都损坏了，电线也没了。我记得，玻璃柜里边有李顺达致毛泽东的信，这个也没了。展品多被偷走、破坏。"

展览馆要有人投资才行，不管市里还是县里，都不是小钱。"好家伙，照片都好几米大，洗一张就是好多钱。靠村里，能洗几张？重要的，还要建立机构。这个机构，是个科级呢，还是个副处级单位？里边怎么设编制？谁给讲解员发工资？谁来维护水电暖？像这些，是不是重新都得弄起来？"

西沟展览馆事业出现转机，是在吕日周2000年到长治当市委书记之后。

吕日周在长治担任市委书记的第三年，也就是2002年秋天，出版了自述《长治，长治》一书。该著有两篇序，分别由时任中央党校副校长的李君如和申纪兰作。一般人想，请申纪兰作序，肯定会有个代笔。实则不然，吕日周在书的最后交代得很清楚：

申纪兰同志不是个写文章的人，但她应作者邀请作序。花了她很多时间，老英雄反复写、反复改，还念给西沟的群众听，请有文化的人一起改，下了大功夫。

申纪兰在序言《我看吕日周》中写道：

老吕刚到长治没几天，就到了我们西沟。当时，我和村总支书记张高明都不在家。村里人给我们打电话，说市里来了个大干部。等我们连夜从太原赶回西沟，老吕已在农家住下了。

还有：

其实，我和老吕早就认识了。在改革开放初期，我曾对土地下放包产到户的政策很不理解，一个人躲到山沟里哭过好几回，以为这样不是社会主义。当时，在省农委工作的吕日周给我们上了一课，有几句话我至今难忘。他说："干社会主义要吃苦，但光吃苦不是社会主义。社会主义不是让大家受穷，而是让大家富裕。享受不是资产阶级的专利，吃苦不是无产阶级革命的目的。中央实行的政策是让老百姓由苦变甜、由穷变富的政策，家庭联产承包是统分结合的好形式，是完善了社会主义制度。"他的话，打开了我思想上的锁子。

吕日周说："我到任后第一次去西沟，骑的是自行车。我到平顺县交通局先查了一下岗，那里的人也不认识我，对我也不客气。后来县委书记也知道了，跑过来了。我说：'你们该忙什么忙什么，我要到西沟去。我不是怕影响你们的工作，我是怕你们影响我的工作。'我说得很直白。

"他说：'那个地方你不能去。'我说：'为什么？'他说：'西沟太冷了。'我说：'冻不坏申纪兰，就冻不坏我。'所以，我并没有跟申纪兰打招呼，骑着自行车就去了西沟，住到了老百姓家里。

"当时申纪兰去了太原，说是联系上了，正往回赶。我晚上就和那个老乡在家聊天，他的话对我挺有启发。他说：'这几年呀，领导干部来得少了，但是也有来的，来看一看就走了，也不了解我们，也不让我们知道来干什么，是给我们点什么呀，还是向我们要点什么？人家把我们当外人，我们把他们当外宾。'你看，是这么个思想。

"第二天早晨，我从老乡家出来，申纪兰倒在那边等我了。我说：'咱们转一转吧。以前我也来过几趟，但是好几年没来了，我想看看。'

"她说：'你想看啥了？'我说：'我想看看展览馆。'

"她一下泪就出来了，说：'展览馆不能看，那里塌了四处，大顶塌了四处。'

"可我还是和她去了。哎，完全不是个样子了。里边的照片，有的是撅了方向，有的是翘起来，有的掉在了地上。我就觉得很伤心。这么个地方，弄成这样。

"申纪兰说：'吕书记啊，现在这个时代呀，我没用了。'

"我说：'你怎么没用了？'我这时候感情就出来了。

"她说：'我很伤心。'

"我说：'我这是先来看看你。我来了，就要举起你这面旗。马上，我就要领上县委书记以上的干部，来你这儿学习。'

"西沟的冬天，的确很冷。我去老申家待了一会儿，我感到比那个老乡家还冷。伸手摸摸炉子，没有一丝温度，坐在土炕上就像坐在外面。老乡告诉我，她冬天从来不生炉子、不烧热炕。70多岁的老人，在冷屋过冬，和我们有空调、住暖气房的干部们比较，差距太大了。

"西沟一夜，使我坚定了一个想法：带领全市干部重新回到群众中去。由于多年的积弊，我们的干部队伍出了很大的问题，有的干部对这个提法就不理解，甚至很抵触：'我们不是一直在人民群众中间吗？'我领他们去西沟，住老百姓家里，有人就说：'你到农民家里住一晚上管个屁用，下乡几天就能解决老区的脱贫问题？这不是搞形式主义，是什么？'矛盾挺尖锐，需要斗争。"

吕日周工作作风强硬，这是出了名的。改革开放初年，他任原平县委书记一职，在阳武河、滹沱河浸润的原平大地上搞"搭台唱戏"，影响巨大，对全国基层政治体制改革都起到了示范作用。以他原平故事为原型改编的电视连续剧《新星》（由太原电视台拍摄、制作）播出后，形成轰动。山西境内，每到播出时，更是万人巷空。

所以，吕日周这样强悍，尤当他认准了自己的做法不只是对长治地方上甚至对我们国家、民族都有益，就不会被上述那些消极、不良的情绪所影响。甩开膀子干吧，而这首先就是："春节过后第一天上班，局级以上干部、县委书记、四套班子统统去西沟'学习申纪兰，对照检查'。"

吕日周说："沁县县委书记，晚上住在一个光棍家。光棍家只有一个枕头、一床被子、一条褥子，他就得跟这光棍睡。他跟我说：'吕书记呀，他是又挤我又揪被子，最终，我冻了一晚上。'嘿，我说他这下就有感受了吧？他说：'吕书记呀，温饱问题白天解决了，晚上还没有解决。'"

这一冻可谓是冻掉了身上的官气，领会了群众的怨气，懂得了为长治争气。

就这样，吕日周在长治这三年，每年春节后第一天上班都把这些人弄到西沟"学习申纪兰，对照检查"。

吕日周的原话是："总结了三年，学习了三年，大家也认识了三年。"

与此同时，在展览馆前竖起来两块大石头，上面分别写了"从严治党""依法治国"。字就是吕日周写的，后面没有落款。石头是太行山的石头，他说："就叫太行石。"

我说："这下，大家认识了吧？"

吕日周说："大多数还是认识到了。申纪兰这面旗帜如果不能高高地举起，那么我们所说的太行精神，领导干部的模范带头作用，我们要恢复共产党的原生态，就没有具体的度量衡。

"很多从农村走出来的干部，渐渐淡忘了农家生活，他们又一次找到了与人民群众的思想差距、生活差距。我把大家的感受总结为：不到群众中，不知道自己差距大；不与群众接近，不知道自己早已远离了群众；离群众越近，离腐败越远。"

时任西沟村党总支副书记张章存说："市委在西沟开第一次常委扩大会，我负责会议室，还列席了一次会议。吕书记走群众路线，我们衷心拥护。长治干部的作风就从这里开始有了大的转变。"

吕日周说:"为了让更多的干部受教育,市委把西沟作为廉政建设基地,明确规定凡是被选拔到领导岗位上的干部,必须到西沟进行廉政宣誓。从2000年至2002年,到西沟接受革命传统教育的市直干部达5000多人次。"

为了教育干部,教育党员,弘扬申纪兰的吃苦精神,吕日周在长治恢复了清晨讲党课制度。他这是受少时在家乡听下乡干部王中青清晨讲党课的启发。他请申纪兰清晨给机关干部们上党课,他帮助草拟讲稿并亲自主持。虽然申纪兰不会写,但讲起课来几个小时滔滔不绝。吕日周说,他只能讲点理论,而申纪兰才能讲出实践。

"我给长治的党员清晨上党课,开始有人不理解,有人说太古板,还有人取笑我幼稚,当然也得罪了一些睡懒觉的干部。我坚持我的做法:党不管党,不行;党不教育党员,更不行。"

2000年2月9日,吕日周在市委理论学习中心组扩大会议上说:"申纪兰同志文化不高、水平高,而我们文化不低、水平不高,差别在于'应用'上;她级别不低但生活水平低,而我们级别不高而生活水平高,差别在于'吃苦'上;她权力不大、影响大,而我们权力很大、影响小,差别在于'带动'上;她当头不当头,处处都带头,而我们自己本是头但没有很好带头,差别在于'落实'上;她不去跑官不求官,甘愿一辈子当百姓官,而我们这山望着那山高,差别在于'官本位';她以普通群众出现和以普通干部出面,人民对她敢说好见面,解决问题,成了贴心人,而我们难进门、难见人、难沟通,和人民隔一层,差别在于当'平民官'思想;她说'工作想比别人好,天天要睡得迟、起得早',而我们工作不怕比别人懒,经常不早起、不迟睡,差别在于'坚持'上。"

吕日周在长治市大力宣传申纪兰精神，在授予申纪兰"太行英雄"称号的会上，吕日周号召全市干部虚心向申纪兰学习，扎根在人民群众之中。2000年8月11日，长治市委出台《关于向西沟党总支和留村党支部学习的决定》和《关于开展向申纪兰同志学习的决定》。

2002年2月20日，吕日周第二次给长治市直机关党员干部讲党课，题目就是《申纪兰与吃苦精神》。在这次党课中，他从四个方面共四十个小点详细阐述了申纪兰精神。他力主恢复了西沟接待中心，并在西沟纪念馆门前不具名题字两幅："治国必先治党，治党必须从严。"西沟人把这两幅字刻在了石碑上。

2003年农历正月，吕日周调离。申纪兰对记者说："吕书记对于长治的精神文明、物质文明、社会文明等的建设，贡献非常大。哪里有群众，他就到哪里，过年都和群众一起过。他能干事，就是因为他深入群众。干部能调查研究，就不会犯官僚主义错误。我们也把老吕的工作回顾了一下，总结成一句话：不怕早起晚睡加班加点连轴转，只怕慢慢悠悠领着俸禄无事干。"

2006年1月28日（农历除夕），吕日周在太原家里迎回了在外地工作的三个孩子。当她们穿着新衣欢天喜地准备过年时，吕日周却决定去西沟和申纪兰过年。三个外孙拉着他不让走，吕日周说："姥爷要去太行山和申奶奶过年。"当天下午，吕日周到了西沟。

夜里，他写下一首《颂申纪兰》：

仙人风格凡人心，薄为官职厚为民。
西沟农舍情系我，太行精神寻到君。
村柏不怕知己少，岭松正与雪为朋。

除夕又见月色冷，一腔心事托红灯。

吕日周在做省政协副主席期间，就以他那"纪兰精神研究会"为主办单位之一，分别在长治、太原、北京召开了三个宣传申纪兰的会议。

吕日周说："几个专家概括出来：申纪兰是共产党这条船上的压舱石。遇到危险了，她这种精神就显出来了。"

重修展览馆

老吕同我们支委、村委一起开会，研究发展西沟的思路和规划，并派来能干的女干部柴玉棉常驻西沟，做工作组组长，具体进行帮助指导。

这讲的是西沟展览馆。吕日周说："修展览馆很困难，啥也没有。我就找省长刘振华，我说：'省长，这个展览馆你得去一下。'他说：'我要去，我去那里。'我又说：'你不去？看我明天给你闹不出个照片来？'他也笑了，他说：'我当然去，和书记也说了，书记也要去。'

"就这样，省委书记、省长都去了西沟。展览馆，我也让他们看了。我说：'这个不能干呀，得修吧？'他们说：'支持你修。'

"我说：'我可没有钱，市里一年整不到 14 个亿，13 个多，13 个县，还有 1 个开发区。这点钱不行。你们得支持我一点。'

"他们说：'行行，支持。'支持的经费划拨到了省委宣传部，可宣传部说：'现在中央有政策，不让修展览馆。'我说：'咱们不是新建展览馆，咱们是维修展览馆。'他们也是同情这个事，说：'好，好。'我说：'修一层不行，得修成二层。'后来就修成了二层。"

接着，把当初定下的事一件件落实了。就说展览馆吧，如今大变了面貌，内外整修一新，里面也布置了展品，成为长治的重点传统教育基地。东山上还建起了金星纪念碑，老西沟立起了李顺达雕像。

老太太为吕日周写的序言，言之有物。这一年，她74岁。

西沟乃至于整个平顺县都有了一定的变化。赵瑜说："哎，平顺县的宣传部部长还来太原找过我，问我如何看待《三里湾》。因为他们平顺县不光只有一个申纪兰，他们还有李顺达，还有郭玉恩，还有武侯梨。"赵瑜向宣传部部长说："应该客观地看待这个问题，过去已经存在的事，硬把它抹杀掉，那是不可以的。"话题转向西沟，"成立了各种各样的恢复组。一些山区，从人口上来说比较少，常常没有信号，西沟也曾是这个情况。比如我们第一次去拍纪录片，那是在1999年左右，手机没法用，我们只有爬到村背后面的高坡上，才能用手机通一个话。后来，人家建起了信号塔。"

申纪兰的那篇序言也有体现：

西沟发展加快了，去年新修学校，今年又建起大型变电站，结束了"农忙用电没保证"的历史。

长治市委、市政府搞的全市"户户有电视"民心工程，西沟首先得益，家家换上了新电视。今年，市里又给我们派来市城建局的设计师，帮助搞撤乡建镇规划，争取把西沟建成经济大镇和红色旅游名村。

在我们平顺县尤其感动人的是"村村通"。说真的，市委、市政府把这个任务一提出，我不敢相信能实现。这要花多少钱、用多少工，不用说一年，几年也怕完不成任务。我曾问吕书记："'村村通'是不是提得太高了，搞得太急了?"老吕只是笑说"老百姓的力量无法估计"。后来，路果然修成了。

赵瑜说："这跟吕日周放在西沟那个女干部也有关。想起来了，叫柴玉棉，到西沟前当过哪个县或者城区、郊区的副书记，当工作组组长，主抓展览馆的建设，起了作用。"

柴玉棉好像是沁水人，在长治还是挺有名的，回去后当了长治市发展与改革委员会主任。

那段时间，这位柴玉棉主任，还弄出过不少关于申纪兰和西沟的理论性东西，如同胡富国的"两手抓，两手都要硬"，理论上的就不举了，听她讲个过程，便于多了解一些这一时期的变化。

"我弄这个展览馆时，因大顶塌了，东西被偷、被破坏，没有资料了。当初在外面也找不着资料。最后，也只有到她家里去找。展馆里的展品，基本上都是重新整理出来的，根据一些历史记载和她提供的一些老照片。正是在这个重新整理资料的过程中，我才真正了解了申纪兰。她的个人生活，实际上也不简单，但她不让说这一块，有意回避，她觉得说这一块儿有点心痛。再一个，她认为这与党的事业无关。实际上，她就是牺牲了个人利益，放弃了个人幸福，为党的事业做了奉献。

"她的待遇还不够啊，给她挂名这个市人大常委会副主任，原来每个月的生活补贴是900多块钱，也不知道现在提高了多少。她不讲究这些。

"展览馆修葺一新，有人就问我：'这个地方是你主持重新修起来的？'我说：'不是我修的，是西沟的发展，是时代要举申纪兰这面旗帜，鼓励全社会艰苦奋斗。'我每天都能看见她的表率作用。有人请她吃一顿好饭，她说：'我不去。'一般人，不会驳你的面子，还圆滑一点，但申纪兰不。

"展览馆变成了党的廉政宣传教育基地。而且有申主任健在，也是一个活典型，言传身教，起到了大的作用。"

就此，郭新民说："长治这边的干部，后来为什么落马的少？这就是重要原因之一，是分不开的。"

郭新民在长治的情况，前面已提到一些。实际上他去长治任市常委、组织部部长，就是吕日周非要调他过去的。我和他是多年的好朋友，对这前后情况都有一个相应了解。本来他在忻州顺风顺水，原平市委书记没干多久，就去忻州市检察院当了院长。因时间过短，长治去的似乎又那么突兀，大家初初一传，多还不相信呢。

吕日周派柴玉棉在西沟这头各方联络，市里边呢，郭新民这个组织部部长大致发挥了一定的作用。带着干部们来西沟接受教育就不用说了，他厉害的地方，正同上面柴玉棉所说，是将其变为了制度：你是长治的干部吧？好了，入党、提拔，咱先到西沟去，请申纪兰来上一堂党课。

郭新民觉得老太太一个人在西沟生活太不容易，前后八年，每年都要给她买几身衣裳，亲自送到西沟去，还得讲清楚这是组织上对她的关心。实际呢，他花自己的钱，也很乐意。郭新民说："好的她也不穿，也只能给她买些最普通的衣服。有一年，给她买了个呢料的那种半大衣，还是个红的，说把老太太打扮得漂漂亮亮的。劝说半天，收是收下了，可就没见她穿过。实际上她也舍不得穿，总是压箱底下了。"

网上传说申纪兰一家都是高官厚禄，郭新民当组织部部长再清楚不过。"申大姐儿子的干部提拔，还就是在我手上给他解决的。当然，他也是完全合乎条件的。早早就到部队当兵。多年的正科提了个副处。这大姐她不能拦着，我们也做了她的思想工作。"孩子们跟着她并不容易，据说她那儿媳妇就在长治那边当环卫工人，扫了多年的马路。

这又是一件。还有，积极主动配合市领导为申大姐争取一些待遇问题，如担任市人大常委会副主任一职的补助，每月从柴玉棉讲的900元提到了5000元。至于申纪兰不要（王根考言），那对于他而言是另一回事。郭新民说："我是代表组织的，对老大姐就应该尽心。"

展览馆重新修好后，郭新民琢磨应该再往里添点什么东西呢？前面讲的拍专题片，进行党员干部教育，自是一个。随后，他想出来了，他有优秀的雕塑家朋友张国梁，雕塑技艺十分了得。把人请到西沟深入生活，最后塑了两尊青铜像，李顺达一尊，申纪兰一尊。这个好哇，抓住了两个老劳模的精神实质，又栩栩如生。放进展馆后，也可和老西沟的互助组群雕形成一个交互辉映。来到西沟的很多参观者，都要在两尊雕像前伫立、沉思和拍照留念。

接下来，说告郭新民的状。前面说办展览馆就是都弄好了以后上面每年还得下拨多少经费。当时，用于西沟展览的各项费用中，每年通过郭新民划拨过去的就有几十万元。这钱是什么呢？是从组织上管的全市的党费中支出去的。有人把郭新民告了，省纪检委就派来人落实，到西沟去调查、看账，只是回来以后却代表组织表扬了郭新民："你这个部长当得好，党费用在西沟展览馆，既是为党着想，也是为党站岗。"

郭新民后来到省工会做常务副主席时也一直记挂着老大姐。再后来，平顺县在迎宾大道搞了规模很大的劳模文化广场，就有郭新民的首倡之功。最初的动议，和他这个省工会领导不无关系，当然，工会系统也提供过建设资金。

郭新民在省工会期间，平顺搞了一套"劳模系列"丛书，他欣然为其作序。

尾声

一头"老黄牛"

在全国人大代表这个大的通道之外，西沟展览馆又是申纪兰沟通全国人民的一个精神窗口。这也是她奉献出整个晚年的"老有所养"，用叶剑英的诗句"满目青山夕照明"来形容最为恰当。

她惦念着走进西沟的每一个人。每天一早，她就会到展览馆去，你来了，她欢迎。说到底，她也好热闹呀。没大家来，她心里也会落寞、孤单吧？

她这一生有多少时候不是形单影只呢？走上这么一条特殊的人生道路。

人家问她："你也压力大吧？"她说："咱是个人，不是个神。能赶上，就见；赶不上，我也没办法，让他们的希望变成了失望。"这是说她有时去开会不在西沟，还常到外上党课，没办法会见所有来访者。

申纪兰说："我一个人要遇多少人？打多少交道？哪一点态度不好，他都能知道。就是我一个人太累。1000人供我一个人，我一个人供1000人。既然来了，我赶上哪个算哪个，赶不上，那就没办法，我就这种态度。这么大的面积，面向全国呀，有的是南方来的，有的是东北来的，我都得见。干什么也是，走路也要照相，这会儿都有手机。哎呀，我这个人，感到是个政治义务。"

人家又说："你这个说话，对着谁都得说，身份不同、行业不同，你说的都不一样。"

她说："哪个来了都是叫我说。说都是来看我来了，谁来也叫我说。难吧，不难就是不干，要难就是得干。

"我年龄大了，没文化，没水平，但是我跟党有感情。我讲不了马列主义，能讲实际东西。

"社会离开哪一行业也不行，全面安排才是一个整体。

"长治和其他地方来参观的，检察院的，人大的，银行的，学校的，公路局的，企业的，来了叫我讲，我就给他们都讲讲。

"我有一年讲了96次课，还到北京军区去讲。人家把钱扔到车上，没办法，咱要走，赶紧给他扔下开车就走。"

人家又说："见你和不见你，感觉不一样。好多人都是从网络上、电视上看到你的，见见你本人回去，感觉就不一样。"

申纪兰说："人家都来了，都得见见。不见也不行，我一天的事情太多。客人参观了，瞧着我了，他说照个相，他多大心意跟你照呢。你不照，他走了，是个什么感觉？那天准备跟那个参观的人照相，有个人走过来，就照了。我问他是哪的，他说是江苏的，他倒跟我照了相了。

"有时候，我一天接待两三批人，晚上还有来告状的。就没完没了的，我也不过礼拜天。就这样吧，一个老黄牛，得有个老黄牛态度。"

全国劳动模范、全国优秀共产党员、第一至第十三届全国人大代表、"改革先锋"称号获得者、"共和国勋章"获得者申纪兰因病医治无效，于2020年6月28日凌晨1时31分在长治逝世，享年91岁。

6月27日凌晨4时，病床上的申纪兰将西沟村党总支书记郭雪岗叫到身边交谈了一个多小时。言语中，西沟村仍是她一生的牵挂。

"现在你铺开摊子，要办一件成一件。西沟村能有今天是大家努力的成果，不能让西沟村塌了。

"好好干吧，我不行啦。记住要艰苦奋斗，勤俭节约，穷家不好当。一分钱掰成两分花，省一分是一分，节省得多了也能办个事。"

6月29日下午，伴随她八年的助理张娟在接受媒体采访时说："申纪兰在临别之际特意交代：一切丧事从简；'共和国勋章'经费全部交党费。申主任说'西沟村是她的根，是她的命'。"

曾经有人问申纪兰："你这一生要用两个字来说，是什么？"

她的回答是："忠诚。"

杜海燕，山西文学院新签约的青年评论家、诗人、大学老师，这次特别帮助我整理了部分录音素材和文字资料。她说自己感触很深，在申纪兰老人去世后，她用私信的形式特别写了这一段：

对于申纪兰这位人物来说，我们可能低估了她的思想价值。从她一生的履历来看，她的全部生活就是政治生活，而很多关键的政治节点，她用农民特有的方式作出了卓有远见的决定。这一份政治觉察和政治的敏感性，其实正是从农民这样一个身份孕育出来的。海德格尔在《林中路》当中，用凡·高的一幅画作《农鞋》，表达了诗意的栖居这样的文学艺术审美观。在法国思想家勒庞的著作《心理学统治世界》当中，他提到了这样一个问题，就是当农民不认可自己的农民身份，就会导致整个社会每个阶层都处在无法安置的、不稳定的焦虑状态。事实上，农民在土地上劳作的时候能够体验最真实的现实力量，在这样力量的基础上所产生的判断往往是最接近事物本质的。回到申纪兰这样一个案例当中，申纪兰以自己是一个农民而自豪，土地给予农民最大的回馈就是恒定性和稳定性，所以当申纪兰确认自己的身份，她就自然而然地使用了土地给予的原始力量，这种原始力量既强大又很敏锐，因此，每当政治转折或者是要发生什么事情的时候，尤其在是非曲直面前，申纪兰所做出的判断都是长久的、可靠的，甚至可以说是睿智的。可见申纪兰身上最有价值的一面，是农民这个身份得到她的确认之后所带来的强大力量，这种力量让申纪兰在精神和心灵上都获得了高度喜悦。

近期，我和赵瑜有关与申纪兰对话发出，亦引起了一些反响。在对话最后，赵瑜写了以下文字：

6月28日，91岁的申纪兰与世长辞，太行民众沉浸在悲痛之中。长治和平顺党政为她举行了隆重的悼念仪式。27日上午，感谢雪岗的安排，我到长治医院病房看望了她，可叹她已不能说话，还在抢救中，但总算见了最后一面。心绪沉痛之间，我想，申纪兰的一生，给后人留下了一个长久而又深刻的研究课题，是中国高堂政治与乡村社会之间，一笔丰厚的遗产。像她这样的人，今后很难再有了。我们怀念她。

2020年8月19日，太原

图书在版编目（CIP）数据

一生为农 : 共和国功勋申纪兰 / 柴然著. —杭
州 : 浙江人民出版社，2022.1
ISBN 978-7-213-10112-0

Ⅰ. ①一… Ⅱ. ①柴… Ⅲ. ①报告文学-中国-当
代 Ⅳ. ①I25

中国版本图书馆CIP数据核字（2021）第072634号

一生为农:共和国功勋申纪兰

柴　然　著

出版发行:浙江人民出版社（杭州市体育场路347号　邮编　310006）
　　　　　市场部电话:(0571)85061682　85176516
责任编辑:陶辰悦　张苗群　何　婷
营销编辑:陈雯怡　陈芊如
责任校对:何培玉
责任印务:陈　峰
封面设计:异一设计
电脑制版:杭州兴邦电子印务有限公司
印　　刷:浙江印刷集团有限公司
开　　本:710毫米×1000毫米　1/16　印　张:15.5
字　　数:176千字　　　　　　　　　插　页:6
版　　次:2022年1月第1版　　　　印　次:2022年1月第1次印刷
书　　号:ISBN 978-7-213-10112-0
定　　价:80.00元

如发现印装质量问题,影响阅读,请与市场部联系调换。